倉阪鬼一郎

おもいで料理きく屋
大川あかり

実業之日本社

実業之日本社文庫

おもいで料理きく屋　大川あかり　目次

第一章　大川端の月

一

大川の水が光を弾《はじ》いている。

墨堤《ぼくてい》の桜は散った。花筏《はないかだ》が生じたのは、ほんの短いあいだだけだった。

それでも、水面《みなも》に目を凝らせば、ひとひら、ふたひら、流れていく花びらが見える。

荷を積んだ舟が川上からゆっくりと進んでくる。

二人乗りで、年かさのほうが艪《ろ》を漕ぎ、若いほうが櫂《かい》を操っている。

「あれは何ですかい」

若いほうが岸のほうを見て訊いた。

「二階がちらっと見えたか」

年かさのほうが言う。

「へえ」

「ありゃあ、きく屋っていう料理屋だ。行ったこたあねえが、大川が見えてながめがいいらしい」

艪を漕ぎながら、年かさの船頭が教えた。

「料理屋ですかい。おいらにゃ縁がなさそうで」

若いほうが答える。

「聞いた話じゃ、名の通った人も呑み食いに来るらしい。大川の景色をながめながらだから、そりゃ乙だろうぜ」

年かさの船頭はそう言うと、また艪を動かした。

舟はゆるゆると進んでいく。

その姿が見えなくなったかと思うと、ややあって、また次の舟が現れた。

大川の水が流れる。

舟が行き交う。

そのさまを、きく屋の二階の座敷から心静かにながめることができた。

二

「講にはちょうどいい日和ね」

川面のほうをちらりと見て、おきくがつぶやいた。

きく屋の二階からは大川の流れが見える。

出水の恐れを避けるため、いくらか岸から離れたところに建っているから、むやみに近いわけではない。

しかし、それがかえって風情があった。

いくらか離れているからこそ、景色が絵に描かれているかのように見える。光を弾く川面はまるで浄土のようだった。

川の上手《かみて》に向かえば、繁華な両国橋《りょうごくばし》の西詰に出る。芝居小屋や床見世《とこみせ》などが立ち並び、大道芸人や講釈師や旅籠の呼び込みがそれぞれの声を響かせる。

江戸でも指折りのにぎやかな場所だが、薬研堀《やげんぼり》に近いきく屋のあたりは喧噪には遠かった。落ち着いて酒肴を味わえる隠れ家のような見世だ。

中食《ちゅうじき》を出す料理屋や飯屋は多くなったが、いくらか外れたところにあるきく屋には向かない。午《ひる》を過ぎてから、じっくりと酒肴を楽しむ客がもっぱらだった。

「今日も気張ってやりましょう」

おのれに言い聞かせるように言うと、二階の掃除を終えたおきくは階段に向かった。

一階にも小ぶりの座敷がある。大川は見えないが、小人数での会食にはちょうどいい。冬には囲炉裏《いろり》がありがたい。

きく屋はおきくの父の松吉《まつきち》が建てた。

江戸の名店で修業を積んだ松吉は手だれの料理人だった。江戸で読める料理書はすべて蒐《あつ》めたくらいで、料理の引き出しにかけては右に出る者がいないほどだった。

あきないの才覚もあった。それに加えて、話し好きで人付き合いがよく、名のある者にも臆せず語りかけることができた。

松吉は女房のおつねとともに料理屋を始めることにした。

居抜きで見世を買ってはどうかという話もあったが、知り合いに腕のいい大工の棟梁がいたから、一から建ててもらうことにした。

大川端は風が吹く。大あらしになれば、川波が上がってくるかもしれない。

そのあたりも充分に考慮し、棟梁は腕によりをかけて頑丈な見世をつくってくれた。

いまの名はきく屋だが、創業当初は菊屋《きくや》だった。まだ夫婦《めおと》になる前に、二人で菊見をしたことにちなむ名だ。そういうわけで菊を好む二人は、やがて生まれた娘に「きく」と名づけた。

その菊屋のおかみにおきくが就き、亭主の幸太郎《こうたろう》とも相談のうえ、名をきく屋と改めたのには、わけがあった。

三

「きく、あたりを頼む」

幸太郎の声が響いた。

「あいよ」

おきくはすぐさま厨《くりや》に向かった。

二階建てだが、大きな宴がないときは夫婦だけで切り盛りをしている。掃除だけでも存外に手間がかかるが、中食はやっていないからどうにかなっていた。

かつては人を雇っていたこともある。お運びの娘や、料理修業を兼ねた若者などだ。

さりながら、いまは夫婦だけだ。いささか寂しくなってしまったが、これにも語れば長いわけがあった。

幸太郎はおたまで小皿にだしを少し張った。

ほっとする香りが漂う。

小皿を受け取ったおきくは、香りをかいでから呑み干した。

「……いいわ」

おきくは笑みを浮かべた。

駄目を出すことはめったにない。幸太郎の腕はたしかだ。

「よし。今日は講だから、気張っていこう」

幸太郎は気の入った声を発した。

紺色の作務衣をまとい、同じ色の手ぬぐいで頭をいなせに覆っている。紺色が似合う料理人は今年で三十歳だ。

「はい」

おきくがいい声を響かせた。

五つ下の二十五歳だ。菊屋の跡取り娘と料理修業に来た若者、二人の出会いはそうだった。

大川の水のごとくに時は流れる。

早いもので、それから十五年が経った。

四

おきくの父の松吉が秀でていたのは料理の腕だけではなかった。

あきないの才覚があったばかりか、人当たりがよく、常連の心をつなぎとめる巧みな話術の持ち主でもあった。

当時の菊屋の造りは、いまと変わりがない。二階は大川を望む広間で、宴もできる。

一階にはより小さな落ち着いた部屋と、できたての料理を味わえる檜《ひのき》の一枚板の席がしつらえられている。あるじの松吉との会話を楽しむために、一枚板の席に陣取る常連も多かった。

料理ばかりでなく、松吉は趣味で俳諧もたしなんだ。俳諧の心得のある料理人のもとへは俳諧師や趣味人が集まり、人と人とのつながりが紡がれていった。よろずに器用な松吉は、絵を描き、書を能《よ》くした。菊屋には絵描きや書家なども訪れるようになり、顧客の幅が目に見えて広がった。

客が増えるにつれて、厨のしつらえも新たに増やした。天火《てんぴ》（現在のオーブン）を導入したのは、江戸では菊屋が草分けだった。

二階の部屋には囲炉裏をつくり、冬場はあたたかい料理を楽しめるようにした。夏は大川を眺めながら暑気払いの料理、冬は囲炉裏を囲んだ芯からあたたまる料理。菊屋の楽しみ方が広がった。

菊屋の評判が上がるにつれて、料理修業の若者がやってくるようになった。おかげで厨には常に活気があった。

おかみのおつねも客たちに親しまれた。跡取り娘のおきくをはじめとする子育てをしながら、滞りなく料理と酒を運び、客たちと如才なくやり取りをしていた。

人生は荒波も受ける。おきくのほかに男の子も二人生まれたのだが、あいにくはやり病などで長くは生きられなかった。そんな悲しみを乗り越えて、いつも明るくふるまう菊屋のおかみへの客の信頼は厚かった。

こうして、下のほうではあるが料理屋の番付に載るほどになった大川端の菊屋に試練が訪れた。

大黒柱の松吉が、心の臓の差し込みで亡くなってしまったのだ。

文化二年（一八〇五）の夏の暑い日のことだった。おきくはまだ十二歳だった。

菊屋は深い悲しみに包まれた。

大黒柱の松吉を失ったあと、見世はどうするのか。常連はこぞって気をもんだ。

おかみのおつねとしては、亡き夫の志を継いで、菊屋ののれんをできるかぎり長く守っていきたかった。厨には松吉から薫陶《くんとう》を受けながら修業中の幸太郎がいた。相州藤沢《そうしゅうふじさわ》から料理人を志して江戸へ出てきた幸太郎はまだ十七の若さだったが、いたって筋が良かった。よそから実績のある料理人を引っ張ってくるという手もあったが、おつねはこの若者に菊屋の命運を託すことにした。

こうして、菊屋は新たな船出をした。

これまでは松吉の下で働くだけでよかったが、思わぬ成り行きで、幸太郎は菊屋ののれんを背負って厨に立つことになった。

初めのうちは、包丁を持つ手がふるえた。緊張のあまり、だしのあたりもろくにつかなかった。

そんなとき、舌だめしを買ってでたのがおきくだった。

厨で修業をしたことはないが、料理人の娘のおきくは並々ならぬ舌の持ち主だった。

「ほんの少し、塩が足りないわ」

舌だめしをしただけで、正しく判じることができた。

舌だめしばかりでなく、お運びの手伝いもした。酔った客から無理に酌を求められてあとで泣いたこともあるけれど、父が遺した見世を守り立てるためだと思案してぐっとこらえた。

こうして、松吉亡きあとも菊屋ののれんは続いた。

だが、二年後——。

菊屋をまたしても苦難の波が襲った。

懸命におかみのつとめを果たしてきたおつねが、病の床に伏してしまったのだ。

大川端の料理屋は暗雲に包まれた。

五

早患いだった。

腕のいい医者に診てもらったが、おつねは日に日にやせていった。

やがて死の床に就いたおつねは、枕元に娘のおきくを呼んだ。花板となった幸太郎もいた。

「菊屋を……末永く……」

苦しい息で、おつねは言った。

「のれんを守るのね」

おきくは母の手を握りしめながら言った。

おつねは小さくうなずいた。

そのまなざしには、万感の思いがこめられていた。

「必ず……」

幸太郎はそこで言葉に詰まった。

あとは声にならなかった。

松吉の後を追うように、おつねも亡くなった。

菊屋ののれんを守ってきた夫婦があの世へ行ってしまった。

見世の常連たちは菊屋を気づかった。

おつねが亡くなったとき、跡取り娘のおきくはまだ十四歳だった。厨を預かる幸太郎は十九歳だ。腕がいいとはいえ、まだ若い。

菊屋の夫婦が相次いで亡くなったことを知り、見世を居抜きで買おうとする者も現れた。言葉巧みに言い値で見世を手に入れようという魂胆が見えてから、常連たちと相談して盾になってもらった。

みな親身になって相談に乗ってくれた。菊屋ののれんを守りたいという思いにかけては、おきくも常連も同じだった。

おつねが亡くなってから、見世は閉めざるをえなかった。しかし、いつか態勢が整ったら、またのれんを出したい。それがおきくと幸太郎の願いだった。

そのうち、後ろ盾と言っても過言ではない常連からこう勧められた。

菊屋を継いでのれんを守っていくのなら、いっそのこと、二人が夫婦になってはどうか。

おきくも幸太郎も、かねてお互いを憎からず思っていた。この勧めは、むしろ渡りに船だった。

こうして、おつねの喪が明けたところで、おきくと幸太郎は祝言を挙げた。

菊屋も再開することになった。しかるべき易者に頼み、再びのれんを出す吉日を選んでもらった。

易者からは一つの案が出た。字画の吉兆を考え、菊屋を「きく屋」に改めてみてはどうか。

もともと、のれんには崩し字でこう記されていた。

きく屋

そのせいで、菊屋ではなくきく屋だと思いこんでいた客がいるほどだ。

心機一転、ここで名を改めることを、おきくも幸太郎も諾《うべな》った。

こうして、きく屋は新たな船出をしたのだった。

六

文化五年（一八〇八）の吉日、きく屋は新たなのれんを出した。それまでは黄菊の色だったのだが、大川の水の流れにちなんで濃いめの水色にした。

若おかみのおきくは十五歳、あるじで花板の幸太郎は二十歳。若い夫婦は毎日気張って働いた。

先代の松吉とおつねの頃からの常連客は多士済々だった。大店《おおだな》の隠居や俳諧師など、多くの人のつながりを持つ常連も少なからずいた。

それらの常連がまた新たな「縁」を運んでくれた。幸太郎は厨を、おきくは接客に精を出し、そのおかげできく屋はかつての菊屋にまさるとも劣らない繁盛ぶりを示すようになった。

きく屋の幸いの船の帆は、さらにいい風を孕んだ。

翌《あく》る文化六年（一八〇九）、おきくと幸太郎のあいだに初めての子が生まれたのだ。

男の子だった。先代の松吉から一字をもらい、「松太郎《まつたろう》」と名づけた。

産後はすぐ働けないため、お運びの女を雇うことになった。料理人を志し、修業にやってきた若者も厨に入った。きく屋はいっそうにぎやかになった。

ありがたい常連たちや仕入れ先などの助けも得ながら、その後もきく屋という船は無事に航行を続けた。

ときには荒波を受けることもあった。いかに頑丈な造りとはいえ、大川端に建つ料理屋だ。野分《のわき》のときは根こそぎ吹き飛ばされそうで、生きた心地がしなかった。

長雨で大川の水かさが増したときも気をもんだ。

まだ大丈夫。
どうかこのあたりで止まって。
おきくは祈る思いでいくたびも川を見た。
このときも、どうにか危ういところで持ちこたえてくれた。
そうこうしているうちに、松太郎の下の子が生まれた。
なかなか身ごもらずに気をもんでいたのだが、幸いにも二人目の子ができた。
今度は女の子だった。
みなに愛《め》でられるようにという願いをこめて、おはなと名づけた。
松太郎が生まれてから三年後、文化九年（一八一二）のことだった。
おきくは十九歳、幸太郎は二十四歳だった。

七

二人の子の世話をしながらのつとめは大変だったが、周りの助けを受けながら、おきくは日々を乗り切っていた。

　幸太郎はさらに腕をあげた。料理書を読むばかりでなく、休みの日には名店の舌だめしに進んで出かけ、その味をおのれのものとしていった。

　大川端にきく屋あり。

　その名は少しずつ挙がっていった。江戸の名店案内にも載った。執筆にあたったのは、きく屋の常連の戯作者だった。先代から培ってきた人の縁が、さまざまな機会で活かされた。

　きく屋を舞台として縁がつむがれることもあった。大川を望む大広間は寄合の場所として重宝された。名のある俳諧師を含む句会なども折にふれて催された。また、書画を展示してその場で売る催しもいくたびか開かれ、好評を博した。

　　春光の大川端のきく屋かな

　蕉門《しょうもん》のさる俳諧師はそう詠んでいる。きく屋はいつしか、ある種の憧れの場所となっていった。

見世ばかりでなく、暮らしのほうも順風満帆だった。

三つ違いのきょうだいは無事に育った。熱を出したりするたびに気をもんだが、荒波に呑まれることはなかった。

七つまでは神のうち、と言われる。当時は幼くして亡くなる子がいまよりはるかに多かった。

はやり病だけでも恐ろしい病がたくさんあった。治療法も確立されていなかったから、ひとたび罹《かか》ってしまえばあとは神頼みしかなかった。

七歳まで生きられるかどうか、これは神の思し召し次第だ。七五三の祝いは、いまよりずっと重かった。

松太郎もおはなも、梯子段を一段ずつ上っていった。

父の背を見て育った松太郎が料理に興味を示したから、わらべ用の包丁を与えた。おぼつかない手つきのままごとのようなものだが、葱を切ったりして機嫌よく動かしていた。

もう少し大きくなれば、魚のさばき方やだしのひき方などを教えてやろう。

幸太郎はそういう肚づもりだった。

おはなは言葉を発するのが遅く、ずいぶん気をもんだが、いざしゃべりだすとうるさいくらいになった。

二人の子がだんだんに育ってきたきく屋には、明るい光が満ちていた。

しかし……。

日はにわかに翳った。

それどころか、思いがけないあらしに見舞われることになってしまった。

大川端のきく屋は、悲しみの雲に包まれた。

八

文化十二年（一八一五）は、春先から風邪がはやった。

江戸の町はいくたびもはやり風邪に見舞われてきたが、このときはことにわらべの患者が多かった。

この暗い波に、あろうことか、松太郎がさらわれてしまった。

薬石《やくせき》効なく、願いもむなしく、松太郎は逝った。新年を迎え、七つになったばかりだった。きく屋の跡取り息子は、最後の七五三の祝いを迎えることができなかった。

無念だった。

しばらくは涙が止まらなかった。

はやり風邪が癒え、以前と同じ松太郎に戻った夢をいくたびも見た。

だが……。

目覚めてみると、隣に松太郎はいなかった。

ああ、そうだった。

あの子は死んでしまったんだ。


そう思うと、また新たな涙が流れた。

四十九日が終わると、一つ峠を越えたような心地になった。

松太郎はかわいそうなことをしてしまったが、妹のおはなを育てながら、きくや屋ののれんを守っていこう。

おきくはようやく前を向いて歩きだした。

「案じたけれど、だいぶいい顔つきに戻ったね」

常連客からはそう言われた。

「ええ。いつまでもめそめそしていたら、松太郎に笑われますから」

おきくはそう言って笑った。

「その意気だ。そのうちまたいい風が吹いてくるよ」

常連はそう言って励ましてくれた。

しかし……。

この浮世では、悪いことが重なってしまうことが間々ある。

悲しみに追い打ちをかけるようなことも起きる。

きく屋もまたそうだった。

松太郎が亡くなった翌年のことだ。

文化十三年（一八一六）は疱瘡《ほうそう》が流行った。後年の大流行ほどではなかったが、わらべがひとたび罹れば命を落とすことの多い恐ろしい病だ。

おきくも幸太郎も充分に気をつけていた。神信心もした。

しかし……。

最悪の事態になってしまった。

疱瘡の魔手がおはなをとらえたのだ。

たとえ顔にあばたが残ってもいい。

どうかこの子の命だけは助けて……。

おきくは心の底から祈った。

だが……。

願いは空しかった。

松太郎に続いて、おはなまであの世へ行ってしまった。

きく屋は深い悲しみに包まれた。

九

おきくの顔から笑みが消えた。

二人の子を立て続けに亡くしてしまった痛手は大きかった。半身《はんみ》が失われてしまったかのような痛みだった。

痛手を受けたのは幸太郎も同じだった。厨に立って料理をつくることはできるが、いまのおきくに見世に出ろと言うのはあまりにも酷だ。時はかかるかもしれないが、おきくの傷がいくらかなりとも癒えるまで、きく屋は休むことにした。

二人は一緒に大川端を歩いた。

のれんが出ていないきく屋にこもって、泣いてばかりいてはいけない。少しでも気が変わるようにと、幸太郎が連れ出したのだ。

ちょうど春風が吹いていた。大川の水面を光が弾いている。本来なら悦ばしい光景だが、おきくにはその美しさが分からなかった。

おはなが向こうへ行ってしばらくは、色さえはっきり見えなかった。すべてがぼんやりとした冥《くら》い墨絵のようだった。

桜の花を見て、やっと色が分かるようになった。

ああ、こんな色だった……。

おきくは花の色を思い出した。でも、美しさは感じなかった。目に映るものはすべて悲しみに沈んでいた。

「こうやって、歩いたな」

幸太郎がぽつりと言った。

おきくは小さくうなずいた。

松太郎とおはなと一緒に、この川沿いの道を歩いた。手をつないで、風に吹かれて歩いた。

その子供たちがいない。

松太郎に続いて、おはなまで逝ってしまった。

そう思うと、胃の腑がうつろになったような気がした。

二人はしばらく無言で歩いた。

薬研堀から、繁華な両国橋の西詰へ向かう。

そのうち、わらべの声が響いてきた。松太郎とよく似たわらべが朋輩《ほうばい》と元気に遊んでいる。

おきくは足を止めた。

心の臓の鳴りが速くなる。

また涙があふれてきた。

もうそこから先へは進めなかった。

「帰るか？」

おきくの様子を見て、幸太郎がたずねた。

涙を流しながら、おきくは小さくうなずいた。

十

医者からは気鬱だと言われた。

「いちばんの薬は時が経つことでしょうが、よく効く煎じ薬も出しておきましょう」

きく屋の客でもあった医者が温顔で言った。

「とにかく養生することだ。きく屋ののれんをまた出すのは、おまえの調子が戻ってからでいいからな」

幸太郎はそう言ってくれた。

おきくは黙ってうなずいた。

客ではなく、おきくだけのために、幸太郎は毎日、料理をつくった。心をこめてつくった。

書物も読んだ。身の養いになる薬膳の料理を学び、女房の気鬱が少しでもよくなるようにと工夫をして膳をこしらえた。

食が細くなってしまったおきくのために、幸太郎は青菜を刻み、ていねいに裏ごしして汁をつくった。値の張る玉子を使わねばならないが、長芋が入った茶碗蒸しをつくった。書物に載っていた身の養いになる料理だ。

毎日の煎じ薬と幸太郎の料理。それに、時。

その三つが、少しずつだがおきくを癒していった。

「湯屋へ行くか。今日は月も星もきれいだぞ」

ある日、だいぶ暗くなってきたところで幸太郎が声をかけた。

「ええ」

おきくは答えた。

大川端のきく屋から、薬研堀の湯屋へ行く。

いつもの習いだ。

湯屋を出るころには、もうとっぷりと暮れていた。

幸太郎は気づいた。

おきくの目が赤い。

「また思い出したか」

それと察して、幸太郎はたずねた。

「ううん、そうじゃないの」

おきくは首を横に振った。

提灯を提げて歩きながら、おきくはわけを話した。

湯屋で隣り合わせた女の悲しみが伝わってきた。

ひと言も言葉をかわしていないのに、おきくの心の芯に、悲しみが流れるように伝わってきたのだ。

その女も、子を亡くしてしまった。その悲しみが伝わったおきくは、ひとしきり涙を流した。そのせいで、赤い目をしていたというわけだった。

「話をしなくても、いきさつまで分かったわけか」

幸太郎は驚いたように言った。

もともと、おきくには勘ばたらきが鋭いところがある。それを割り引いても、悲しみの源まで分かったのは驚きだった。

「早く……悲しみが癒えるといいけれど」

おきくがぽつりと言った。

「そうだな」

幸太郎はほっとする思いで答えた。

湯屋で隣り合わせた女の悲しみを悟り、それが早く癒えるといいと思いやる。

それは心の余裕があったればこそだ。少しずつだが、おきくも癒えてきたようだ。

そう思うと、おのずと安堵の気持ちが生じてきた。

大川端に出た。きく屋はもうすぐだ。

夜は強い風が吹くこともあるが、今日は穏やかだった。

「月がきれいだぞ」

幸太郎が空を指さした。

「ほんと……きれいな色」

おきくは瞬きをした。

気鬱がひどいときは、色そのものが分からなかった。

いまは、見える。大川端の美しい月が見える。

「星もきれいだ。みんな、あそこにいる」

今度は幸太郎が目をしばたたかせた。


そう、あそこにいる。

松太郎も、おはなも、見守ってくれている。


そう思うと、夜空の星が急にぼやけた。

第二章　講の料理

一

「いらっしゃいまし」

おきくが客を出迎えた。

今日は講の集まりの日だ。木綿問屋の隠居などがきく屋に集まってくる。

「わたしが一番乗りかい」

眉が白い福相の男が笑みを浮かべた。

馬喰町《ばくろちょう》の木綿問屋、蔦屋《つたや》の隠居の半兵衛《はんべえ》だ。

「先月もそうでした、大旦那さま」

お付きの手代の新吉《しんきち》が言った。

「そうだったかね。なにぶんせっかちだから」

半兵衛が笑う。

きく屋に試練の時が訪れたときも、情のこもった文を送ったりして粘り強く励まし、復活を待ってくれていたありがたい常連だ。おきくはその文を繰り返し読み、ときには涙したものだ。

「では、望洋の間へどうぞ。前菜とお茶は出ておりますので」

おきくが身ぶりをまじえた。

「ああ、そうさせてもらうよ」

蔦屋の隠居が温顔で言った。

それからまもなく、きく屋の前に駕籠が着いた。

「いらっしゃいまし」

おきくが出迎える。

中から降り立ったのは、大伝馬町《おおてんまちょう》の木綿問屋、升屋《ますや》の隠居の喜三郎《きさぶろう》だった。

「ちょっと早かったかね」

供をつれずにやってきた喜三郎がたずねた。

「いえ、蔦屋さんはもうお二階に」

おきくが答えた。

「そうかい。かと言って、さすがに一局というわけにはいかないね」

喜三郎は碁石を打つしぐさをした。

同じ木綿問屋の隠居で仲がいい二人は碁敵《ごがたき》でもある。望洋の間の床の間には立派な碁盤も置かれていた。碁打ちの常連もいるから、ときには大川をながめながらの対局が行われる。

「前菜とお茶のご用意はできておりますので」

おきくは笑みを浮かべた。

「さすがに先に始めるわけにはいかないからね」

升屋の隠居は、今度は猪口を傾けるしぐさをした。

「もう少しおそろいになったところで、お持ちいたしますので」

おきくが言った。

「きく屋の二階から大川をながめながら呑む酒は格別だから。それにしても、ひと頃よりずいぶんと顔色が良くなったね」

この年配にしては上背のある隠居が言った。

「その節はご心配をおかけしました」

おきくは頭を下げた。

「時の薬が効いたね」

味のある表情で、喜三郎が言った。

「ええ……よく効きました」

おきくは感慨深げに答えた。

二

子を立て続けに失い、気鬱に陥ったおきくは、少しずつ旧に復していった。

幸太郎とともに大川端を歩きながら、美しい星を見た。

松太郎もおはなも、あそこから見守ってくれている。

そう思うと、胸にぽっかりと空いたうつろが、いささかなりとも埋まってくれたような心地がした。

それからしばらく経ったある日、おきくは幸太郎とともに寺で法話を聴いた。

これも痛手を負った心を癒すための手立てだ。

和尚さんの話は心にしみた。

ことに、こんなくだりはおきくに深い印象を残した。

人は死んでも、それで終わりではありません。

親しかった人々の心の中に、その人のおもいではずっと残るでしょう。

つまり、人は死んだら、親しかった人の心の中で新たに生きはじめるのです。

繰り返します。

人は死んでも、それで終わりではありません。

だれかの心の中で生きるのです。


その言葉を聞いて、おきくはしばらく涙が止まらなかった。

松太郎は生きている。おはなも生きている。

子供たちのおもいでは消えない。

ずっと心の中で生きつづける。

感銘を受けたのは幸太郎も同じだった。

「いい話を聞いたな」

帰り道に、幸太郎は言った。

「ええ、行ってよかった」

おきくは笑みを浮かべた。

その後は茶見世に寄った。

だいぶ前だが、家族で寄ったことがある。

そのときは松太郎もおはなもいた。みなで団子を食べ、麦湯を呑んだ。

「同じものを頼むか」

幸太郎が少し思案してから言った。

おきくはこくりとうなずいた。

ちょうど同じところが空いていた。団子はみたらしだ。おはなのほおについた餡を、おきくは手拭いで拭いてやった。そんな細かな思い出がありありとよみがえってきた。

団子と麦湯が来た。

幸太郎が先に食す。

「同じ味だ」

ぽつりと言う。

「そうね」

おきくは小さくうなずいた。

甘すぎず、そこはかとなく後を引く。ちょうどいい塩梅《あんばい》の餡だ。焼き加減もいい。

おいしいものは、おもいでを呼びさます。

忘れかけていたものが、食べものの味とともに、だしぬけによみがえってくる。

「あのときは、おいしそうに……」

おきくの言葉がそこで途切れた。

みたらし団子を食べるおはなの表情がよみがえってきて、たまらなくなってしまったのだ。

「食っていたな、団子を」

幸太郎も思い出したらしい、続けざまに瞬きをした。

おきくは胸が一杯になった。

もう食べられそうにない。

「これも食べて」

おきくはそう言うと、目もとに指をやった。

その目尻からほおにかけて、つ、と水ならざるものが伝っていく。

幸太郎は黙ってみたらし団子を口に運んだ。

かつてはわが子と食べた団子の甘さが心にしみた。

おきくはふところから手拭いを取り出した。

涙が止まらない。

幸太郎は「泣くな」とは言わなかった。

泣けばいい。

悲しいときは、涙が涸れるまで泣けばいい。

茶見世では団子の持ち帰りもできた。所望した客に、おかみが明るい声で包みを渡している。

「お供えにするか」

幸太郎が訊いた。

「……ええ」

涙を拭って、おきくは答えた。

あの子たちも、きっと喜ぶだろう。

味は天にも伝わる。

そう思うと、背負った荷がほんの少し軽くなったような心地がした。

きく屋が再びのれんを出したのは、それから二月後のことだった。

三

講の客はしだいに集まってきた。

蔦屋半兵衛と升屋喜三郎、相撲の番付になぞらえれば東西の大関と言うべき二人の隠居に加えて、商家のあるじや隠居が一人また一人と顔を出し、きく屋の望洋の間はにぎやかになった。

「舟盛りをお持ちしました」

幸太郎が舟に刺身を華やかに盛り付けた料理を運んできた。

「御酒《ごしゅ》もどうぞ」

おきくも続く。

「おお、来た来た」

蔦屋の半兵衛が軽く手を打った。

「肴はどんどん運びますので」

幸太郎が笑顔で言った。

「御酒の追加もすぐお持ちいたします」

銚釐《ちろり》を置いたおきくが言った。

「まあ、追い追いだね」

升屋の喜三郎が笑みを浮かべた。

「ずいぶん顔色が良くなったね、おかみ」

「見世を再開したころはまだ案じられたけれど」

講の常連が言った。

「ご心配をおかけしました」

おきくは頭を下げた。

「気張りすぎないようにやってくださいよ」

「きく屋がないと困るから」

あたたかい言葉が飛んだ。

「ありがたく存じます。では」

おきくは一礼してから階段のほうへ向かった。

幸太郎も続く。

腕自慢の大工がつくった見世につき、階段もしっかりしている。幅広でそう急でもないから、年配の客でも大丈夫だ。

「あっ、先生」

階段を下りたところで、客と鉢合わせになった。

戯作者の乗加反可《のるかそるか》だ。

「遅くなりました」

乗加反可はやや芝居がかった礼をした。

着物にも帯にも「の・る・か・そ・る・か」の字が散らされている。何がなしに目がちかちかするようないでたちだ。

江戸でも指折りの才人で、戯作ばかりでなく、かわら版の文案づくりから俳諧や狂歌に至るまで、八面六臂《はちめんろっぴ》の活躍を見せている。先代の松吉からのきく屋の常連で、何かと気にかけてくれるからありがたかった。

「どうぞ、みなさんお待ちで」

おきくは身ぶりをまじえた。

「やつがれは、その場にいるのが芸のようなものですからな」

乗加反可は総髪の頭に手をやった。

「いえいえ、先生はたくさん芸をお持ちで」

おきくが笑みを浮かべた。

「では、またあとで」

戯作者は軽く右手を挙げると、階段を上っていった。

「どうぞごゆっくり」

おきくはその背に声をかけた。

四

「よし、頼む」

幸太郎が気の入った声を発した。

「はい、承知で」

おきくはできあがったばかりの肴を盆に載せた。

白魚の木の芽筏焼きだ。

春の恵みの白魚を立て塩で洗い、水気を拭いてから金串に刺して風通しのいい場所につるす。半刻《はんとき》（約一時間）あまり陰干しにしたら金串を抜き、今度は竹串を刺していく。

三本の竹串を塩梅よく刺したら焼きに入る。

たれは酒と味醂と濃口醤油、ここに香ばしく焼いた魚の骨を加えて煮詰めていく。こうすると味に深みが出る。

白魚はまず両面を焼く。それから、表側にたれを塗り、乾かすようにあぶっていく。

塗る、あぶるを三度繰り返したら、木の芽を散らして出来上がりだ。

できたての肴を、おきくは望洋の間へ運んでいった。

いったいいくたびこの階段を上ったことだろう。かつて忙しいときは、子を背負子《しょいこ》に入れて料理を運んだこともあった。松太郎が手伝うと言うから、軽いものを運ばせたこともあった。

その子供たちはもういない。

きく屋の階段を上り下りしているとき、子供たちの不在が身にしみて、胸苦しくなるときもあった。

だが……。

お客さんの前で悲しい顔を見せてはならない。

「お待たせいたしました。白魚の木の芽筏焼きでございます」

おきくは笑顔で料理を出した。

「おお、きく屋の名物料理が出たね」

先代からの常連の蔦屋半兵衛が笑みを浮かべた。

「白魚は江戸の春の風物詩だから」

升屋の喜三郎も言う。

「筏に見立てているのがまた風流で」

乗加反可が皿を指さした。

「大川をながめながら、白魚の筏焼きとは風流の極みで」

「しかも、木の芽がはらりと振りかかってます」

「きく屋の料理は絵のようですからな」

ほかの面々も満足げだ。

「では、風流ついでに歌仙でも巻きますか」

乗加反可が案を出した。

「うーん、なら、もう少し酒が足りないかな」

半兵衛が首をかしげた。

「腹にたまるものも追加で欲しいところで」

喜三郎も言う。

「承知しました。ただいま支度いたしますので」

おきくは小気味よく言って、すっと腰を上げた。

五

「田楽の支度ができてるから、さっそく焼こう」

おきくから話を聞いた幸太郎が言った。

「ああ、田楽ならおなかにたまるわね」

おきくが笑みを浮かべた。

「お櫃《ひつ》も添えて、田楽を載せて食べられるようにするといい。よし、焼くぞ」

幸太郎が両手を小気味よく打ち合わせた。

「わたしはお酒の追加のほうを」

おきくも動いた。

望洋の間では歌仙が始まったという話をしながら、二人は手を動かした。

きく屋ではさまざまな催し物が行われてきた。句会や歌仙もその一つだ。大川をながめながらだから、句がよく浮かぶとはもっぱらの評判だ。

ほかには、絵の展示即売会や落語会、囲碁や将棋の練習会なども行われていた。望洋の間の押入れには碁盤や将棋盤が幾組も収められている。名の通った碁打ちや将棋指しもときには顔を見せる。

ややあって、味噌が焼けるいい香りが漂ってきた。

水気をほどよく抜いた豆腐に竹串を打ち、甘めの田楽味噌をたっぷり塗って焼いて木の芽を添える。焼きあがったら、冷めにくい田楽専用の木箱に並べていく。

大川端　菊屋

木箱には古い見世の名が記されている。先代の松吉が知恵を絞ってつくった道具だ。

「よし、できた」

ややあって、幸太郎が言った。

「お酒の支度も」

おきくが言う。

「なら、運ぼう。飯はあとで運ぶ」

幸太郎が気の入った声で告げた。

六

「おお、これは腹にたまりますな」

田楽をほかほかの飯にのっけて食した乗加反可が満足げに言った。

「香りだけでもたまらないね」

蔦屋の半兵衛が笑みを浮かべる。

「そうそう、おかみ。せっかくだから付け句をしておくれ」

升屋の喜三郎が紙を渡した。

途中までの歌仙がしたためられている。

「歌仙は三十六句。やつがれと二人のご隠居、四句目は持ち回りで一句ずつで」

戯作者が紙を示した。

「えー、わたしなどは」

おきくはあわてて手を振った。

「いやいや、多趣味だった先代譲りの才があるからね」

蔦屋の隠居がそう言って、田楽を口に運んだ。

「あるじでもいいよ」

升屋の隠居が水を向ける。

「手前は不調法で。きくに任せます」

幸太郎は女房のほうを手で示した。

「なら、一句だけで、おかみ」

乗加反可が指を一本立てた。

「次の支度がありますので」

幸太郎は半ば逃げるように望洋の間から出ていった。

講の面々はだいぶ酒が入ってきた。一句詠まずには戻れそうにない。

「ともかく、拝見します」

おきくは喜三郎が清記役をつとめている紙に目をやった。

ここまでの歌仙は、次のように進んでいた。

　ひとひらの花を浮かべて大川は　乗加反可
水は流れる時も流れる　蔦屋半兵衛

風に乗り遠くひびくは三味の音か　升屋喜三郎
八百八橋《はっぴゃくやばし》すべて名があり　上総屋仁左衛門《かずさやにざえもん》
料理みな名のあることのめでたさよ　乗
筏愛でつつ筏焼きなり　半
大川端の名の響きたる料理屋は　喜
海見えずとも望洋の間なり　武蔵屋佐吉《むさしやさきち》
まぼろしの海までおよそ半里にて　乗
泳いでいけば途中で沈まん　半
大江戸はいたるところに助け船　喜

「えー、これに付け句ですか」

おきくの眉間にすっとしわが浮かんだ。

「次が助っ人の順なので」

乗加反可が言った。

たしかに、そうなっている。

上総屋仁左衛門は馬喰町の糸物問屋、武蔵屋佐吉は通塩町《とおりしおちょう》の地本問屋、それぞれせがれに身代を譲った楽隠居だ。

「もう御役御免ですよ」

武蔵屋佐吉が笑みを浮かべた。

経典などの硬い書物をあきなう書物問屋と違って、地本問屋では読み本や洒落本や草双紙などのやわらかいものを扱う。料理書もとりどりにそろっているから、幸太郎はめぼしいものを購《あがな》って研鑽につとめていた。

「あとは呑むだけで」

上総屋の仁左衛門が猪口をかざした。

趣味の多いたちで、素人噺家として高座にも上がる。そちらのほうにいろいろと人脈も持っていた。

「えーと、では……」

おきくは紙を喜三郎に返した。

やっと付け句を思いついたのだ。

逆風あれば追い風もあり　きく

『大江戸はいたるところに助け船』に、おきくはそう付けた。

「なるほど、含蓄があるね」

清記をしながら、喜三郎が言った。

「つらい向かい風でも、我慢していれば追い風に変わるから」

「坂道だって同じで」

「上りが終われば、あとは下るばかり」

そこはかとなくおかみを励ますように、講の面々が言った。

「お粗末さまで。では、また次の肴ができましたらお運びしますので」

おきくはそう言って立ち上がった。

「ああ、ご苦労さま」

蔦屋の半兵衛が労をねぎらった。

望洋の間を出て階段に向かうとき、おきくはほっと一つ息をついた。

七

「なんとか詠んできたわ」

厨へ戻るなり、おきくが言った。

「お疲れさま。どんな句だ？」

鮎の天麩羅を揚げながら、幸太郎がたずねた。

「『逆風あれば追い風もあり』」

おきくは答えた。

「そうか……やっと風向きが変わってきたかな」

幸太郎はいくらか間を置いてから答えた。

「そうね。少なくとも、向かい風で歩けないってことはなくなったかも」

おきくは感慨深げに答えた。

「歩けるだけでありがたいよ」

幸太郎はそう言うと、油を張った鍋をじっと見た。

音が変わってきたから、そろそろ頃合いだ。

菜箸ではさみ、しゃっと小気味よく油を切る。

「わあ、おいしそう」

おきくが小声で言った。

「揚げたてをお出しするから、天つゆを運んでくれ」

幸太郎が言った。

「あいよ」

おきくはすぐさま答えた。

天麩羅は次々に揚がった。鮎の風味を損なわないように、衣を薄めにするのが第一の勘どころだ。ぼってりした衣だと台無しになってしまう。

鮎は身がやわらかいから、じっくりと揚げてやるのが第二の勘どころだ。頃合いかどうかは目と耳で判じる。

ややあって、天麩羅の支度がおおむね調った。

ここで人の気配がした。足音が響く。

「おう、水を一杯くんな」

あわただしく入ってきた男が右手を挙げた。

「おいらにも」

小柄な男も続く。

「おつとめ、ご苦労さまでございます」

おきくが頭を下げた。

「水をどうぞ」

幸太郎が柄杓を渡した。

きく屋の井戸水の評判はすこぶるいい。水貝や素麺など、水を使った料理は恰好の暑気払いになる。水も料理のうち、とはもっぱらの評だ。

「おう、ありがとよ」

いなせに右手を挙げてから受け取ったのは、土地《ところ》の十手持ちの独楽《こま》廻しの辰《たつ》だった。

本名は辰平《たつへい》で、独楽廻しが得意なところからその名がついた。ふところにはつねに独楽と紐を忍ばせている。わらべたちから請われたら往来で廻して喜ばせる、ここいらの名物男だ。

あまり強そうな名ではないが、いざとなったら悪党どもに立ち向かう漢気《おとこぎ》の持ち主で、人々の信頼も厚い。

柄杓は次の男に渡った。

「ありがてえ」

さっそくのどをうるおす。

下っ引きの地獄耳の安《やす》だ。

本名は安吉《やすきち》で、小回りが利く。その名のとおりの地獄耳の持ち主で、勘ばたらきも鋭い。地獄耳の安がふと小耳にはさんだことからもつれた糸がほぐれ、悪党がお縄になったことも一再ならずあった。

「今日は何かあったんでしょうか」

おきくがやや気づかわしげにたずねた。

「ここんとこ、空き巣が多くてな。今日は薬研堀で起きやがったんで、見廻りの最中だ」

独楽廻しの辰が歯切れよく答えた。

「では、講のみなさんにごあいさつしているいとまはございませんね。蔦屋さんや升屋さんなどの講で、乗加反可先生も見えてるんですが」

おきくが言った。

「どうせ酒が入ってるだろうし、下手に顔を出して独楽廻しをやらされたんじゃつとめにならねえからな」

十手持ちが渋く笑った。

「先生によしなに。またかわら版をさばきますんで」

地獄耳の安が手つきをまじえた。

顔の広い下っ引きは便利屋のようなもので、折にふれてかわら版も売りさばいている。乗加反可は持ち前の舞文曲筆《ぶぶんきょくひつ》でかわら版の文案づくりも手がけているから、かなり前からの付き合いだ。

「お伝えしておきます」

おきくは笑みを浮かべた。

「よし、なら、また見廻りだ」

もう一杯水を呑んでから、十手持ちが言った。

「合点で」

下っ引きが軽く拳を握った。

「ご苦労様でございます」

「どうかお気をつけて」

きく屋の夫婦の声がそろった。

八

十手持ちと下っ引きを見送った二人は、鮎の天麩羅を望洋の間に運んだ。

「揚げたての鮎の天麩羅でございます」

幸太郎が皿を置いた。

「天つゆでどうぞ」

おきくが品のいい小鉢を一つずつ置いていく。

薬味の大根おろしと刻み葱は丼に盛り、客が好みで入れる。余ったらまかない飯の具になる。削り節と醤油を加えれば飯がすすむ。

「おかみに加勢してもらったおかげで、だいぶ進んだよ」

清記役の升屋喜三郎が紙を指さした。

「もう一句どうですか」

乗加反可が水を向けた。

「いえいえ、もう御役御免で」

おきくはあわてて手を振った。

「御酒の追加はいかがでしょう」

幸太郎がたずねた。

「酒は充分足りてるよ」

「それより、あるじも一句どうだい」

「そうそう、先代ならおのれから入ってきたところだよ」

講の面々が口々に言った。

「いえいえ、先代とは違って、わたしは料理しか能がないもので」

幸太郎はそう言って固辞した。

「うまい料理を出してくれれば、それで言うことはないよ」

喜三郎が温顔で言った。

「精進しますので」

助け舟を出してくれた隠居に向かって、幸太郎は頭を下げた。

「この天麩羅もうまそうだ」

「さっそくいただきましょう」

箸が次々に伸びた。

「では、ごゆっくり」

頃合いと見て、おきくは腰を上げた。

幸太郎も一礼して続く。

下りの階段で目と目が合った。

「助かった」

歌仙に引きずりこまれそうになった幸太郎が小声で言って、苦笑いを浮かべた。

「どういたしまして」

おきくも笑みを返した。

第三章　初鰹の季《とき》

一

春が闌《た》けるにつれ、きく屋の料理はにぎやかになった。

青葉が目に鮮やかな季になると、厨に初鰹が入る。

初物好きの江戸っ子の琴線に触れる、この時季ならではの食材だ。

大川を眺めながら、初鰹に舌鼓を打つ。

先代から、これを楽しみにしてきた常連客はいくたりもいた。なかには名の通った人物やお忍びの客もいる。

その一人に、上屋敷が大川端に近い藩主がいた。美濃《みの》前洞《まえぼら》藩の新堂大和守守重《しんどうやまとのかみもりしげ》だ。

町場に出るときは、森繁右京《もりしげうきょう》と名乗る。着流しが似合う快男児で、料理を味わう舌もたしかだ。

「そろそろ森繁さまのお身内からおうかがいがくるかも」

手が空いたときに、おきくがふと言った。

「初鰹か」

幸太郎が厨から言う。

「うちのお客さまで初鰹に目がない方といえば、まず森繁さまだから」

おきくは笑みを浮かべた。

きく屋のおかみが言ったとおりになった。翌日、美濃前洞藩の勤番の武士が二人、段取りを調えにやってきた。

「では、いくらか値は張りますが、仕入れてお出しいたします」

幸太郎はそう請け合った。

「頼む。殿はむやみに贅沢をされる方ではないのだが、こと初鰹となると目の色が変わるもので」

勤番の武士が言った。

「森繁さまは、江戸生まれの江戸育ちですからね」

「江戸っ子ならではで」

きく屋の夫婦が答えた。

美濃前洞藩の藩主だが、新堂大和守守重は在府大名で、ずっと江戸を離れたことがない。石高こそ控えめだが由緒正しい家系で、参勤交代は免除されていた。初鰹に浮かれるところなどは、いかにも江戸っ子大名だ。

それから二日経った。

中食を出さないきく屋は午過ぎからのれんを出す。講などの寄り合いの約が入っていない日は、果たして客が来てくれるのかと案じられることも多いが、たいていは杞憂に終わった。たとえ望洋の間でなくとも、一階の一枚板の席で落ち着いて呑み食いをしてくれる常連はいくたりもいる。

その日は寄り合いではない約が入っていた。のれんを出してほどなく、その人物が入ってきた。

「おう」

光沢のある着流しの武家がいなせに右手を挙げた。

「まあ、森繁さま」

おきくの顔がぱっと晴れた。

きく屋に姿を現したのは、お忍びの美濃前洞藩主だった。

二

「鰹が入っております」

幸太郎が伝えた。

「初鰹だな」

森繁右京こと新堂大和守守重が笑みを浮かべた。

四十になったばかりだが、若い時分から評判だった男の色気はいささかも衰えていない。

「さようでございます。殿……ではなく、森繁さまがうちの初物で」

幸太郎が白い歯を見せた。

「望洋の間にお持ちいたしましょうか」

おきくが水を向けた。

「いや、一人で大川を眺めながら呑み食いするのはやや寂しい。料理人の手わざも見られるゆえ、ここでよい」

お忍びの藩主は一枚板の席を軽く手でたたいた。

「恐れ入ります」

幸太郎は一礼すると、初鰹のたたきをつくりはじめた。

「お待たせいたしました」

おきくが酒を運んできた。

いつものぬる燗だ。

酒は池田《いけだ》の下り酒を使っている。いたって評判のいい風味豊かな酒だ。

「うむ、うまい」

おきくがついだ酒を、お忍びの藩主はうまそうに呑み干した。

「あとは手酌でいいぞ」

美濃前洞藩主はそんな気遣いを見せた。

「はい」

おきくは短く答えた。

苛斂誅求《かれんちゅうきゅう》などとは無縁の藩主だ。参勤交代をせぬのに、国元では名君として慕われている。殖産にも意を用い、特産の品が着実に増えて民を潤しているという話だ。

「いい塩梅になってきたな」

幸太郎の仕事ぶりを見ながら、お忍びの藩主が言った。

血合いを取った鰹に金串を末広に打ち、まず皮のほうをしっかりと焼く。焦げ目がついたら裏返し、身のほうをさっとあぶる。

「うっすらと白くなれば頃合いです」

幸太郎はそう言うと金串を抜き、鮮やかな包丁さばきで初鰹を八重づくりにした。

「銭の取れる手わざだな」

新堂大和守が満足げに言った。

何にでも興味を示すたちだ。きく屋で一献傾けたあと、繁華な両国橋の西詰へ繰り出し、芝居や大道芸を観たりする。心の赴くままに動きたい性分ゆえ、供を連れることはあまりない。

「ありがたく存じます」

幸太郎は一礼すると、さらに段取りを進めた。

初鰹の八重づくりに酢を振る。うま味を封じこめるための酢だ。

それから、手でぺたぺたとたたき、酢をなじませていく。

「まじないをかけるようなものだな」

新堂大和守が笑みを浮かべた。

「あとは盛り付けです」

幸太郎はそう言うと、涼やかな青い深皿を取り出した。

器に盛り、薬味を添える。

葱と茗荷の小口切り、生姜のみじん切り、青紫蘇の葉のせん切り。

これらを冷たい井戸水にさらしてしゃきっとさせ、水気をよく切った薬味だ。

この上から、合わせ酢を回しかける。

濃口醬油、味醂、酒、それに昆布をひと煮立ちし、削り節を加えてさらに煮る。

これをこして冷ましてから、酢と橙のしぼり汁を加える。風味豊かな合わせ酢だ。

「お待たせいたしました。初鰹のたたきでございます」

幸太郎はうやうやしく皿を差し出した。

「おお、来たな」

お忍びの藩主は皿を置くと、小気味いい音を立てて柏手を打った。

見守っていたおきくが笑みを浮かべた。

「初鰹から年が改まると考えても良かろう。一年の無病息災と世の平安を願って、いざ」

美濃前洞藩主は芝居がかったしぐさで箸を伸ばした。

薬味をたっぷり載せ、口に運ぶ。

「……うん、うまい」

森繁右京と名乗る武家が満足げに言った。

「来た甲斐があった」

その言葉を聞いて、おきくも幸太郎も笑顔になった。

三

次に鰹のたたきが供せられたのは、さる集まりの席だった。

ただし、望洋の間に運ばれてきた大皿の料理に、だれも箸をつけようとはしなかった。

美しく盛り付けられた鰹のたたきを見て、あるものを動かすばかりだった。

それは、絵筆だった。

風変わりな集まりの面々は、料理を紙に懸命に写していた。

「料理の鮮度が落ちぬよう、手早く仕上げなさい」

集まりのかしらとおぼしい男が言った。

「はい、先生」

「早く食べたいですから」

「見ているだけだと殺生で」

門人とおぼしい者たちが口々に言う。

「それはわたしも同じだ。集中してやろう」

絵の師はそう言うと、絵筆を小気味よく動かした。

きく屋の先代からの常連で、折にふれて写生会や絵の展示会を催している男。

その名は、谷文晁《たにぶんちょう》だった。

谷文晁は南画（文人画）の泰斗だ。

若い頃から研鑽につとめ、長崎などで技法を学び、おのれの血肉と化していった。

古画の模写と写生でしっかりと礎をつくり、さまざまな流派の良きところを取り入れながら、谷文晁は独自の画風を確立していった。

山水画、花鳥画、人物画から仏画に至るまで、谷文晁の画域は幅広い。「八宗兼学」と呼ばれるほどで、画壇で重きを置かれるのもむべなるかなという実力の持ち主だった。

谷文晁は後進の指導にも意を用いた。下谷《したや》で写山楼《しゃざんろう》という画塾を開き、多くの門人を育てていた。

折にふれて写山楼を出て、写生の会も催した。四季おりおりの江戸の風物に触れ、その息吹を感じながら筆を動かすのも学びのうちだ。

春の大川端に来るときは、必ずきく屋に立ち寄る。絵の展示即売会もいくたびか催してきたから、先代からの長いつきあいだ。

「これでよし」

谷文晁が筆を置いた。

五十六歳で顔にはしわが目立ってきたが、まだまだ眼光は鋭い。

「わたくしもおおむねできました」

「こちらはあと少しです」

門人たちが言う。

「では、仕上げにかかってくれ」

谷文晁が言った。

「はい」

弟子の手がまた動いた。

ややあって、一段落ついた。

「初鰹が待っている。講評はおのおの食しながら聞いてくれ」

谷文晁はそんな気遣いを見せた。

鰹のたたきの評判は上々だった。

「皮の下の脂がとろけそうです」

「絶妙の焼き加減で」

「薬味がまたおいしい」

門人たちはみな笑顔になった。

「初鰹となると、なおさら美味に感じられるな。間が空き、待ちわびたがゆえに、本来のうまさが下駄を履く」

谷文晁が講釈を始めた。

ちょうどおきくが酒のお代わりを運んできた。門人たちと一緒に講釈を聞く。

「活きている魚なら、巧拙がわりかた分かりやすい。さりながら、料理の絵は、生き物よりさらに難しいやもしれぬ。絵を見ただけで、料理の味や匂い、さらに言えば、その料理を食したときの感慨やおもいでなどがよみがえってこなければ、一流の絵とは言えぬ」

含蓄のある言葉に、門人ばかりでなくおきくもうなずいた。

その後しばらく、師の講評を聞きながら初鰹を味わう会が続いた。

「このたたきは半ば腐っておるな」

「薬味が死んでいる」

「これでは風味が台なしだ」

なかには厳しい言葉をかけられた門人もいた。

さりながら、ひとわたり終わって酒になると、わだかまりもなくまたひとしきり歓談が続いた。

「次にここへ来るのは展示会だな。気を入れて励め」

門人たちに向かって、谷文晁は最後にそう申し渡した。

四

「鰹の絵を見ながら鰹料理というのも、なかなかに粋なものですな」

一枚板の席に陣取った乗加反可が言った。

「先日の写生の会で、いちばんよく描けたお弟子さんの絵を文晁先生がうちにくださったんです」

おきくが壁に貼られている鰹のたたきの絵を手で示した。

「たしかに、よく描けておりますね」

通塩町の地本問屋、武蔵屋の隠居の佐吉がうなずいた。

歌仙にも加わっていた講の一員で、乗加反可の洒落本などの版元でもある。

「絵を見ただけで料理の味や匂いが伝わってこなければいけない、と文晁先生は教えておいででした」

おきくがそう言って酒をついだ。

「なるほど、深いですな」

乗加反可が言う。

「それから、その料理を食したときの感慨やおもいでなどがよみがえってこなければ、一流の絵とは言えないとも」

おきくが谷文晁の言葉を思い返して言った。

「おもいでですか」

物腰がやわらかい隠居が少し首をひねった。

「ただ写すだけでは駄目で、その料理が持っているものをできるだけ呼びさますような絵でなければならないということでしょうな」

多才な戯作者が言った。

「料理はおもいでのよすがになりますからね」

武蔵屋の佐吉がそう言って、鰹の手捏《てこ》ね寿司を口に運んだ。

づけにした鰹を、薬味を添えて寿司飯にまぜる。杓文字《しゃもじ》では粘り気が出てしまうから、寿司飯をほどよく切りながら手でまぜあわせていくのが骨法だ。

薬味はもみ海苔、それに、切り胡麻。これでさわやかな手捏ね寿司ができあがる。

「わらべのときに食したら、ずっと忘れられない味になるかもしれませんね」

乗加反可が言った。

それを聞いて、また酒をついだおきくが少しあいまいな顔つきになった。

思い出してしまったのだ。

神の子になってしまうまで、松太郎はさまざまなものを食した。好物もいろいろあった。おきくもいろいろな料理をつくってあげた。そんなおもいでが数珠つなぎになってよみがえってきた。

「そういったおもいでの味を、だれしもが持っているはずです」

地本問屋の隠居がそう言って、手捏ね寿司をまた胃の腑に落とした。

「そういう『おもいでの味』を再現してみるのも面白いかもしれませんな、おかみ」

乗加反可が思いつきを口にした。

「おもいでの味を？」

おきくは我に返ってたずねた。

「そう。どこそこの見世のどの料理とはっきり分かっているものであれば、またその見世へ行って味わえばすむだけですが、もっとあいまいで、おぼろげな記憶しか残っていない食べ物だってあるでしょう」

戯作者は答えた。

「その味を、わたしが再現するわけですか」

幸太郎が厨から言った。

「それはどの見世でもやっていないでしょう」

武蔵屋佐吉が言った。

「江戸広しといえども、大川端のきく屋だけでしょうな」

乗加反可が笑みを浮かべる。

「ご依頼があるでしょうか」

おきくがやや不安げに首をかしげた。

「それはやってみないと分かりませんね。『おもいで料理、承ります』ということで、引札を出してみる値打ちは充分にあると思います」

乗加反可はそう言うと、鰹の手捏ね寿司をまた胃の腑に落とした。

「それが本業だったら、お客さんが来てくださるかどうか気をもむところでしょうが」

と、佐吉。

「鰻料理などと違って、おもいで料理ですからね」

幸太郎が白い歯を見せた。

「では、引札は乗加反可先生に」

おきくが笑顔で戯作者を手で示した。

「はは、乗りかかった舟ですからね」

乗加反可は笑って答えた。

「御礼代はおいしい肴とお酒でいかがでしょう」

と、幸太郎。

「望むところです」

派手な着物をまとった男がすぐさま答えた。

かくして、話が決まった。

五

いくらか経ったきく屋の前に、こんな貼り紙が出た。

おもひで料理、承ります

いつか食したあの味
大切な人のおもひでの味
聞かせてください
あいまいでもかまひません

わづかな手がかりをもとに
店主があなたの「おもひで料理」を再現します
きく屋

それを見ていたある男が、さっとのれんをくぐった。

「あっ、奥鹿野《おくがの》さま」

おきくが声をかけた。

北町奉行所の定廻《じょうまわ》り同心、奥鹿野左近《さこん》だ。

「茶を一杯くんな」

いなせなしぐさで指を一本立てると、廻り方同心は一枚板の席に腰を下ろした。

繁華な両国橋の西詰からいくらか離れてはいるが、普通に歩いていても駕籠屋を追い越すと言われる健脚の持ち主だ。きく屋でちょっと一服して廻り仕事に戻ることもたびたびあった。

「承知しました」

おきくは笑みを浮かべた。

「それはそうと、目新しいことを始めたじゃねえか。貼り紙を見たぜ」

奥鹿野同心が言った。

「乗加反可先生に引札を書いていただきまして」

幸太郎が厨から言った。

「もともと先生のご発案なんです」

湯呑みを盆に載せて運びながら、おきくが言った。

「そうかい。お代はどれくらい取るんだい」

同心はそう訊くと、手刀を切って湯呑みを受け取った。

芝居の主役はともかく、脇役なら充分につとまりそうな顔立ちで、どのしぐさにも色気と華がある。独り者ではないからさすがに付け文まではされないが、「左近さま」を慕う娘は少なからずいるのではないかとはもっぱらの声だ。

「いえ、あきないではないもので」

幸太郎があわてて手を振った。

「きく屋はあきないでやってるんじゃねえのかい」

奥鹿野同心はそう言うと、いくぶん目を細めて湯呑みの茶を啜った。

「もちろん、きく屋はあきないですが、おもいで料理は、料理人としての学びにもなるだろうと」

幸太郎は言葉を選んで答えた。

「なるほどな。そいつぁいい料簡だ。ただ……」

同心はまた茶を啜ってから続けた。

「どうせやるなら、貼り紙一枚じゃ映えねえぜ。看板を出すとか、刷り物を配るとか、もうちょっと気を入れてやらねえと」

歯に衣着せぬ物言いをする同心が言った。

「看板はそのうち出してもいいかと。ただ、あきないじゃないので、べつに刷り物などは」

幸太郎は首をひねった。

「たくさんお見えになっても、それはそれでお相手がむずかしかろうと」

おきくが慎重に言った。

「たしかにな」

奥鹿野同心は茶を呑み干して湯呑みを置いた。

「何にせよ、江戸でここだけの新たな試みだ。気張ってやりな」

廻り方同心はそう言うと、すっと腰を上げた。

「はい、ありがたく存じます」

幸太郎が頭を下げた。

「二人で相談しながらやってみます」

おきくが笑みを浮かべた。

「おう、いい顔をしてるぜ。ありがとよ」

茶の礼を言うと、同心は自慢の足をきびきびと動かしだした。

「お気をつけて」

その背に向かって、おきくはていねいに頭を下げた。

第四章　鯛の活けづくり

一

「おもいで料理の依頼人は来ましたか」

きく屋に姿を現すなり、乗加反可がたずねた。

「残念ながら、いまのところは」

おきくはややあいまいな顔つきで答えた。

「せっかく貼り紙の引札を書いていただいたのですが」

幸太郎が少し首をかしげた。

「まあ、先の楽しみでいいでしょう」

今日も派手な着物をまとった戯作者はそう言って、一枚板の席に腰を下ろした。

その隣に、もう一人の男が座る。

「幼いころに食した料理をもう一度味わってみたいという人は、この江戸に必ずいるはずですから」

厚みのある眼鏡をかけた男が笑みを浮かべた。

碁打ちで俳諧師でもある影野元丈《かげのげんじょう》だ。

碁打ちとしてはいたって傍流で、御城碁などは望むべくもないが、商家の隠居などの弟子がいくたりもいて稽古をつけている。俳諧師として地方を廻ることもある。

もう一つ、その名にちなんだ「影のつとめ」もこなす。名のある碁打ちの書物を代筆する影の作者だ。乗加反可とは言ってみれば才人仲間で、きく屋で一献傾けることも多かった。

「幼いころにかぎらずとも、『おもひで料理』の看板さえ出していれば、お客さんはそのうち来るでしょう」

乗加反可が言った。

「いまのところ、貼り紙だけですな」

元丈が言った。

「置き看板などがあったほうが分かりやすいでしょうか」

幸太郎が厨で手を動かしながら言った。

「そうですね。もしよろしければ、知り合いの看板屋に声をかけておきましょうか」

戯作者が訊いた。

「あまり派手なものではなく、さりげない感じのもののほうがいいような気が」

おきくが言う。

「そうだな。派手な看板料理というわけじゃないから」

幸太郎がうなずいた。

「承知しました。伝えておきましょう」

乗加反可が請け合った。

「よろしくお願いいたします」

「どうかよろしゅうに」

きく屋の夫婦の声がそろった。

ほどなく酒と肴が出た。

貝寄せの酢の物だ。

赤貝、みる貝、それに、平貝《たいらがい》の貝柱。

それぞれに下ごしらえをしたものを若布《わかめ》と土佐酢で合わせ、生姜の絞り汁を加える。

「春の風に吹き寄せられた貝。風情がありますな」

戯作者が笑みを浮かべた。

「碁は白と黒だけですが、この料理は貝の赤みと若布の青みがいい塩梅に響き合っています」

元丈がそう言って、肴を口中に投じた。

「碁石にもそういった色がついていれば楽しいかもしれませんな」

乗加反可が思いつきを口にした。

「先の世にはそうなっているかもしれません。あるいは、べつの世では」

元丈が答えた。

「べつの世では……」

おきくは小声で復唱した。

その世には、二人の子がいて、美しい碁石で遊んでいる。

そんな景色がだしぬけに浮かんだ。

二

翌日は祝言の宴が入っていた。

きく屋にとっては、いちばん大きなつとめと言っても過言ではない。その日が近づくにつれて、おのずと緊張が高まる。

ごく少人数ならともかく、望洋の間を貸し切っての大人数での宴となると、運び手が足りなくなってしまう。そこで、前に経験があって慣れている女に声をかけ、運び役を確保していた。料理の仕入れと、運び役の確保。そのあたりから段取りを整えなければならない。

「いい日和になってよかったですね」

おきくが運び役のおまつに言った。

「ほんと。雨風だったら気の毒だから」

ひと回りほど年上の気のいい女房が答えた。

薬研堀の錺《かざり》職人の女房で、先代の時から折にふれてきく屋を手伝ってくれている。おのれが都合がつかないときは、身元がたしかな代役を探してきてくれるから実にありがたかった。

「祝言は一生に一度ですものね」

と、おきく。

「そうそう。長くおもいでに残る宴にしてあげないと」

おまつが笑顔で言った。

「料理人も気合が入りますよ」

厨から幸太郎が言った。

「祝言らしい、華のある料理にしないと」

おきくが引き締まった表情で言った。

「運ぶほうも気を入れてやりますんで」

おまつがぽんと一つ帯をたたいた。

「お願いします」

「気張ってやりましょう」

きく屋の夫婦がいい声で答えた。

今日の祝言は、醬油酢問屋同士の良縁だった。

新郎は南新堀《みなみしんぼり》の油屋《あぶらや》茂兵衛《もへえ》の跡取り息子の新兵衛《しんべえ》。新婦は本所元町《ほんじょもとまち》の内田屋吉《うちだやきち》之助《のすけ》の次女のおいと。初めは親同士が媒《なかだち》役を介してまとめた縁だったが、ともに顔を合わせたときからひらめくものがあったらしく、まるで好き合って一緒になった仲のようだとはもっぱらの声だ。

油屋も内田屋も、先代からの常連客だ。きく屋で祝言の宴を行った夫婦にやがて子ができ、そのお食い初めの会食などでまた使ってくれることもある。料理屋にとってはことに嬉しいつながりだ。

今日の宴もそうなっていくようにと、おきくも幸太郎も願わざるをえなかった。

三

「このたびはおめでたく存じました」

白木《しらき》の三方《さんぽう》を置いた幸太郎がうやうやしく頭を下げた。

「おめでたく存じます」

おきくも和す。

三方には、固めの盃のための酒が載っていた。綿帽子をかぶった新婦に、紋付き袴に威儀を正した新郎。どちらも雛人形のごとくにかしこまっている。

紅白の水引をきれいにかけた焼き鯛や赤飯など、祝いの宴の料理はまず一陣が抜かりなく並べられていた。

「では、媒役に」

新郎の父の油屋茂兵衛が身ぶりをまじえた。

「固めの盃だね。僭越ながら」

あきない仲間の媒役がおもむろに酒器に手を伸ばした。

幸太郎がおきくに目くばせをした。

裏方はいったんここで引くところだ。

黙って一礼したおきくは、空になった盆を持って幸太郎とともに望洋の間を出た。

階段を下り、厨に戻ると、おきくはほっと息をついた。

おまつが待っていた。

「次は刺身の大皿で」

幸太郎が告げた。

「はい」

おまつが答える。

「できあがるまで、少しお待ちください」

おきくが言った。

「ええ。きれいに仕上がるのを待ってますから」

おまつは笑みを浮かべた。

ねじり鉢巻きの幸太郎は鯛の活けづくりにかかった。刺身は早めに用意するわけにはいかない。せっかくの刺身が乾いてしまったら台無しだ。

「でも、いい日和になってよかったですね」

おきくも笑みを返した。

「ほんとに。祝言は一生に一度なんですから、どしゃ降りなんかじゃなくて幸いで」

と、おまつ。

「神田明神《かんだみょうじん》から駕籠でお越しになるんですからね」

包丁を動かしながら、幸太郎が言った。

「もっと近場に神社があればいいんですけどねえ」

おきくが言う。

「祝言を挙げるような格のある神社となると、やっぱり神田まで行かないと」

おまつが答えたとき、望洋の間のほうから声が響いてきた。

新郎新婦を祝福する声だ。

「よし、急ごう」

幸太郎の包丁が小気味よく動いた。

すでにあしらいのむきものはできている。野菜を巧みに切り、さまざまなものを表す手わざだ。

ややあって、鯛の活けづくりができあがった。

二皿分だ。

酒の追加分もあるから三人で運ぶ。

「では、お願いします」

幸太郎が頭を下げた。

「承知で」

おまつがいい声で答えた。

「まいりましょう」

おきくが引き締まった顔つきで言った。

四

「これはまた華やかですね」

新婦の父の内田屋吉之助が目を瞠った。

鯛の活けづくりに牡丹のむきものがあしらわれている。

「大根で牡丹のむきものをつくらせていただきました」

幸太郎が手で示した。

「えっ、これは本物じゃないんですか」

内田屋のあるじが驚いたように言った。

「はい。すべて召し上がれますので」

刺身の取り皿を置きながら、おきくが言った。

「これは手わざですねえ」

油屋茂兵衛がうなる。

「どうやってつくるんです?」

媒役が問うた。

「こつはたくさんあるのですが、大根をとにかく薄く剝いて、絵筆でぼかしを入れたりしながらていねいに重ね合わせていくんです」

　幸太郎が答えた。

「芯の黄色いのは何ですか？」

　新婦が物おじせずにたずねた。

「玉子の黄身のそぼろじゃないかな」

　隣に座った新郎が言う。

「そのとおりです」

　幸太郎は笑みを浮かべた。

「いいおもいでになります」

　綿帽子をかぶった新婦が笑顔で言った。

　この料理をお出ししてよかった。

　心底そう思う、いい表情だった。

「でも、食べるのはもったいないね」

「そうそう、飾っておきたいくらいで」

　宴の席につらなる者たちから声が出た。

「お持ち帰りもできますので」

おきくはすかさず言った。

「お持ち帰りは赤飯もございますから、少々荷にはなりますが」

幸太郎が言葉を添える。

「大根でつくった牡丹だから、荷というほどでもないだろう。なら、包んでください」

新婦の父が言った。

「それなら、こちらも」

新郎の父も和す。

「承知いたしました」

「支度いたしますので」

きく屋の夫婦の声がそろった。

五

宴は滞りなく進み、そろそろ終《しま》いの頃合いになった。

送りの駕籠がきく屋に着いた。

段取りを整えてあるとはいえ、駕籠が来るとおきくはほっと胸をなでおろした。お客さまに酒肴をお出しすることだけがつとめではない。最後の客のお見送りをするまでが今日のつとめだ。

「ご苦労さまでございます。もう少しで終わりますので」

おきくはそう言って駕籠かきに冷たい麦湯をふるまった。

薬研堀の駕籠屋だから、かねて顔見知りだ。急ぎの駕籠のときは、幸太郎かおきくが走ることもある。

「いや、慣れてるからよ」

「待つのもつとめで」

気のいい駕籠かきたちが言った。

大店のあるじは、遅くなったときにはご祝儀を出してくれることが多い。それもあるから、文句を言わずに待つのがつねだった。

ややあって、宴が終わった。

赤飯の折詰の風呂敷包みを手にした者たちが少しずつ出てきた。だいぶ酒をきこしめして顔が赤くなっている者もいる。

「世話になったね」

媒役が見送りに出たきく屋の二人に言った。

「こちらこそ、ありがたく存じました」

幸太郎が頭を下げた。

「へえ、おもいで料理か、面白いことを始めましたな」

油屋のあるじが貼り紙を見て言った。

「客はどれくらい来ますか?」

内田屋のあるじが問う。

「まだどなたも」

おきくは弱々しく首を横に振った。

「始めたばかりですので」

幸太郎が言った。

「今日の宴に出たのも、おもいで料理になるでしょう」

油屋の茂兵衛が言う。

「そうそう。またあのときの牡丹が飾られた鯛の活けづくりを食べてみたいと」

内田屋の吉之助も笑みを浮かべた。

「そういうお客さんが見えればいいんですけど」

おきくも笑みを返した。

こうして、宴は滞りなく終わった。

最後の一人の姿が見えなくなるまで、きく屋の二人は大川端で見送っていた。

六

置き看板が届いたのは二日後のことだった。

看板屋が小ぶりの手押し車に看板を載せて運んできた。

乗加反可もいる。段取りを整えてくれたのはこの男だ。

「えーと、どこへ置きましょう」

看板屋が歯切れのいい声で問うた。

横山町《よこやまちょう》の仁作《にさく》だ。

吊り看板に置き看板に屋根看板。簡便なものから巧みな装飾を施したもの、果ては雨の日には覆い隠す仕掛けを駆使した大がかりなものまで。とりどりの看板を手がけている看板屋だ。

「入口の脇がいいでしょうね」

少し思案してから、幸太郎が言った。

「のれんと一緒にしまうの？」

おきくが訊く。

「そうだな。おれがやる」

幸太郎が答えた。

「少々重うございますからね。そのほうがよろしゅうございましょう」

仁作が笑みを浮かべた。

職人としての腕もさることながら、いくたりか弟子を使っているから人あたりもいい。

「ここだと邪魔になるな」

置き看板を両手で持ったまま、幸太郎が言った。

「気づく方は気づくくらいの、さりげない置き看板のほうが」

おきくが言う。

「あきないの眼目じゃないですからね。『こういうこともやっています』ということで」

乗加反可が軽くうなずいた。

「軒から少し離れていただいても、ようございましょう」

看板屋が言った。

「このあたりですか」

と、幸太郎。

「ええ。ちょうどいい感じで」

仁作が言った。

ほどなく、置き看板が据えられた。

おもひで料理

四尺ほどの高さの置き看板にそう刻まれている。

とがったところがなく、線の曲がりが美しい字だ。見ているだけで、どこか心がほっこりする。

「さりげなく仕掛けが施されていたりするんですよ」

多芸多才の戯作者が言った。

「さあ、どこでしょう」

看板屋が謎をかけるように訊いた。

「この丼が怪しいような気が……」

おきくが置き看板の先端に取り付けられたものを軽く手でたたいた。

木彫りの丼だ。

木目が美しい丼が「おもひで料理」の置き看板に華を添えている。

「そのとおりで、おかみ」

仁作が一つ手を打ち合わせた。

「珍しく当たりましたね」

おきくが笑みを浮かべた。

「では、やってみてください」

乗加反可がうながした。

「承知で」

看板屋は置き看板の丼に手をかけた。

両手で回す。

「あっ、外れるんですね」

おきくが言った。

「そのとおりで。右へ回していくと、だんだん外れてきまさ」

仁作は手本を示した。

「嵌めるときは逆ですね」

幸太郎が心得て言った。

「さようです。取り外しは楽ですよ。……ほれ、このとおり」

看板屋が手妻使いのように外した丼をかざした。

「丼が付いてるのといないのとでは、だいぶ感じが違いますね」

おきくが言った。

「そうでしょうとも」

乗加反可が得たりとばかりに言った。

「先生の思いつきで」

仁作が戯作者のほうを手で示した。

「ただの『おもひで料理』だけじゃ、いったい何か分かりませんからね。ま、くわしくは貼り紙を読んでもらえばいいわけですが、どういうものがおもいで料理なのか、すぐ思い浮かぶようなよすがになるものがあったほうがいいんじゃないかと思案しましてね」

乗加反可が言った。

「丼ですが、大きめのお椀にも見えます」

と、おきく。

「そうなんです。ある人は思い出の丼物を、またある人は椀物を思い浮かべてくれる。そこから、おもいで料理の頼み人が出てくるかもしれないので」

戯作者は笑みを浮かべた。

「軒からいくらか離れたところに置けば、雨水をためることもできるんで」

仁作が言った。

「ああ、それで軒から離したわけですか」

得心のいった顔つきで幸太郎が言った。

「そのとおりで。ま、雨水をちょいとためたって仕方ねえんですが」

看板屋が笑う。

「いえ、それが呼び水になって銭がたまるかもしれないので」

乗加反可がそう言ったとき、常連がふらりと姿を現した。

蔦屋の隠居の半兵衛だった。いつものように手代の新吉をつれている。

「おもいで料理の置き看板ができたところで」

おきくが手で示した。

「なら、取り付けましょう」

仁作が丼を置き看板の上に据えた。

「へえ、取り外しができるんだね」

半兵衛が物珍しそうに言った。

「雨水をためることができるっていう話をしていたところで」

乗加反可が言った。

「ためても手を洗うくらいですが」

看板屋が手を動かしながら言う。

「天の恵みの水だからね。きっと御利益があるよ」

蔦屋の隠居が温顔で言った。

大きな椀のようにも見える丼が置き看板に戻った。

「こうして見ると、わが仕事ながらありがたいですな」

看板屋が両手を合わせた。

「お参りしたくなります」

手代の新吉が真似をする。

「そうだね。この看板のおかげで、近いうちに頼み人が来るよ」

半兵衛がそう請け合った。

「なら、おいらはまだつとめが残ってるんで」

看板屋が空の手押し車のほうへ歩み寄った。

「ああ、ご苦労さまでございました」

幸太郎が言った。

「ありがたく存じました」

おきくはていねいに頭を下げた。

「首尾はそのうち伝えるんで」

乗加反可が軽く右手を挙げた。

「承知しました。……なら、気張ってくれ」

ひと仕事終えた仁作は、最後に置き看板に声をかけた。

第五章　遠花火

一

初めてのおもいで料理の頼みが入ったのは、それから三日後のことだった。

もっとも、「おもいで料理をお願いします」と名指しで入った頼みではなかった。話の成り行きで、おもいで料理をつくることになったのだ。

その日は菓子屋の講が行われた。

これまた先代からのなじみで、物見遊山の相談ばかりでなく、書物を持ち寄って菓子づくりの研鑽にもつとめている。年に一度だが、きく屋の望洋の間を借り切って、菓子の見本市も催されていた。

「今年も秋の彼岸前に見本市をやりましょうかね」

菓子屋の講の世話人が言った。

神田須田町《すだちょう》の桔梗屋《ききょうや》のあるじの吉久《よしひさ》だ。老舗の三代目で、学びの熱心さには定評がある。

「今日は四人《よったり》しかいませんが、決めてよろしいでしょうか」

ひと回りほど年下の男が問うた。

両国米沢町《よねざわちょう》橘《たちばな》屋《や》の二代目の藤兵衛《とうべえ》だ。

「いや、やろうという向きを決めるだけだから」

桔梗屋吉久が笑みを浮かべた。

「細かいところは、また改めて決めればいいよ」

眉が白くなった男が温顔で言った。

芝口《しばぐち》二丁目の鯛屋《たいや》の隠居の半次郎《はんじろう》だ。

ほかの面々はみな当主だが、鯛屋は隠居が講に出ていた。隠居とはいえまだ矍《かく》鑠《しゃく》としており、江戸じゅうの菓子屋のつなぎ役めいたものに精を出している。

見世の名と同じ鯛の押し物が名物で、彩色を施した鯛はほれぼれするような出来で、進物や引き出物などに引く手あまただった。

「白菊屋《しらぎくや》さんも出るんだろう?」

世話人の桔梗屋吉久が問うた。

「ええ。いい学びになりますので」

そう答えたのは浅草福井町《あさくさふくいちょう》の白菊屋徳之助《とくのすけ》だった。

こちらも桔梗屋と同じ三代目だが、歳はいちばん若い。

「前回の実演は評判だったからね」

鯛屋半次郎が温顔で言った。

「恐れ入ります」

白菊屋徳之助が頭を下げた。

見本市に華を添える出し物めいたものとして、菓子の実演販売を行った。見世の看板菓子である白餡入りの押し物の「白菊」の実演はいたく好評だった。

「それにしても、この鰹の梅たたきはおいしいね」

舌鼓を打った桔梗屋吉久が満足げに言った。

「ただのたたきでもおいしいのに、梅肉だれがさわやかだからね」

鯛屋の隠居が笑みを浮かべる。

「薬味もさわやかで」

橋屋藤兵衛が箸を伸ばした。

葱に生姜に茗荷に青紫蘇。風味豊かで彩りもいい薬味だ。

ここで階段のほうから足音が聞こえてきた。

「おっ、酒の追加が来たね」

さきほど頼んだ世話人が言った。

「お待たせいたしました」

ほどなく、おきくが盆を持って姿を現した。

二

「目新しいことを始めたね、きく屋さん」

桔梗屋のあるじがおきくに言った。

「ええ。置き看板もつくっていただきました」

おきくが笑みを浮かべた。

「あれは目立ちますね」

橘屋の二代目が言う。

「ありがたく存じます」

おきくが頭を下げた。

「で、おもいで料理の頼み人は来てるのかい?」

鯛屋の隠居がたずねた。

「いえ、まだお一人も」

おきくは首を横に振った。

「それはもったいないですね」

「いい思いつきなのに」

菓子屋の講の面々が言った。

「白菊屋さんには、おもいで料理がありそうだけれど」

世話人の桔梗屋が徳之助のほうを見た。

「ええ、まあ……」

白菊屋の三代目はあいまいな顔つきになった。

「まあ、呑みなさい」

鯛屋の隠居が酒をついだ。

「恐れ入ります」

いちばん年若の男が恐縮して受けた。

「もしございましたら、お申し付けくださいまし」

おきくが笑みを浮かべた。

「承知しました。では……」

白菊屋徳之助は少し思案してから続けた。

「本日、帰るまでに考えておきますので」

「じっくり思案するといいよ」

鯛屋半次郎が温顔で言った。

白菊屋の三代目の身の上、とりわけ、二年前に起きた悲しいことについては、講のみながよく知っていた。

「はい」

徳之助がうなずく。

「では、もし承るということになれば、あるじがくわしいお話をうかがいますので」

おきくが言った。

「承知しました」

徳之助はいくらか表情をやわらげた。

三

鰹の梅たたきに続いて、とりどりの天麩羅を出した。

ことに好評だったのは鮎の天麩羅だった。今日は玉川《たまがわ》からいい鮎が入ったから、さっそく天麩羅にした。

穴子も出した。脂の乗りはもうひと声だが、まっすぐに揚がった穴子の天麩羅は縁起物だ。

最後に、鯛茶を出した。締めはやはり茶漬けがいい。だしと胡麻の香りがいい鯛茶は、ことに好まれていた。

宴などの場合は、さらに甘味を出すが、講の集まりはこれでお開きだ。望洋の間の面々は一人ずつ階段を下りてきた。

「今日もおいしかったよ。おかげで段取りも進んだ」

鯛屋半次郎がまず笑顔で言った。

「ありがたく存じました」

幸太郎が厨から出て一礼した。

「ところで、初めの客が決まりそうですよ」

世話人の桔梗屋吉久がある男をさりげなく手で示した。

白菊屋の徳之助だ。

「そうしますと、おもいで料理を？」

おきくの声が弾んだ。

「はい、お願いできればと存じます」

徳之助は頭を下げた。

「それはそれは、ありがたく存じます。貼り紙を出し、置き看板を出しても、まだどなたもお見えにならなかったもので」

幸太郎はいくぶん上気した顔で言った。

「うちの講の白菊屋さんが皮切りとは縁起がいいですね」

橘屋藤兵衛が笑みを浮かべた。

「迷いましたが、わたしが皮切りになれればと」

徳之助が言った。

「では、こちらが空いておりますので、おもいで料理のお話をくわしくお聞かせくださいまし」

幸太郎が一枚板の席を手で示した。

「承知しました。こちらに残らせていただきます」

白菊屋の三代目が答えた。

「それでは、われらはお先に」

桔梗屋吉久が右手を挙げた。

「いいおもいで料理になるといいね」

鯛屋の隠居が言った。

「陰ながら祈っていますよ」

橘屋藤兵衛が軽く両手を合わせた。

「ありがたく存じます。向後ともよろしゅうお願いいたします」

徳之助は深々と一礼した。

四

「いささか呑みすぎたので、お茶でお願いします」

徳之助はそう言って一枚板の席に腰を下ろした。

「承知しました。講ではほうぼうからお酒をつがれますものね」

おきくが笑みを浮かべた。

「ええ。わたしがいちばん年若ですし」

白菊屋の三代目も笑みを返した。

茶が出た。

少し啜ると、初めての頼み人は、おもいで料理についてぽつぽつと語りだした。


あれは、三年前の川開きの晩のことでした。

屋根船で料理を味わいながら花火を見物する。一介の菓子屋には分不相応かと思いましたが、先代からのなじみの船頭さんからお声をかけていただいたということもあり、一生に一度の贅沢ということで乗ることにしたのです。

一緒に乗ったのは、女房のおはる。二人の子の信吉《しんきち》とおちえ。信吉は五つ、おちえはまだ三つでした。家族ばかりでなく、日ごろから気張ってもらっている番頭さんと職人頭さんにも乗ってもらいました。

屋根船には船頭さんと料理人さんも同乗していました。料理人さんが鮮やかな包丁さばきで鯛の舟盛りをつくってくださいました。そのうち、闇がだんだんに濃くなって、花火が揚がりはじめました。

二人の子も、おはるも、歓声をあげながら見物していました。

その声が、いまでもついそこで響いているかのように、わたしの耳の奥に残っております。


白菊屋の三代目は続けざまに瞬きをした。

さらに茶を呑む。

目もとに指をやると、徳之助は続けた。


いま思うと、あの日が、あの晩が、わたしにとっては人生でいちばん倖せな時でございました。

忘れません。

夜空に揚がった花火を、それを見て歓声をあげていたおはるの笑顔を。

そして、舟盛りの鯛のお刺身の味を。


「その舟盛りの鯛のお刺身が、おもいで料理でございますね」

幸太郎が問うた。

「さようでございます。できれば、花火と、それからわずか半年で早患いであの世へ行ってしまったおはるをしのぶよすがになるようなお料理をお願いできればと」

目に涙をためて、菓子屋の三代目が言った。

「半年も経たないうちに……」

おきくは言葉に詰まった。

人生でいちばん倖せだった日からの暗転だから、さぞや気を落としただろう。深い悲しみに包まれたことだろう。

「恋女房でしたから」

白菊屋徳之助はそう言って嘆息した。

万感のこもるひと言だった。

間があった。

おきくは言葉を探したけれども、見つからなかった。

二人の子を亡くしたときのことが、だしぬけによみがえってくる。その面影が浮かぶ。

急に目頭が熱くなってきた。

「承知しました」

幸太郎が言った。

「精一杯つくらせていただきます」

きく屋のあるじの表情が引き締まる。

「ありがたく存じます」

白菊屋のあるじが頭を下げた。

「いつにいたしましょうか」

幸太郎が問う。

「できれば、おはるの月命日に、二人の子もつれてうかがいたいのですが」

徳之助が答えた。

「お待ちしております」

おきくはうるんだ目で言った。

「望洋の間を空けておきます。初めてのおもいで料理、気を入れてつくらせていただきますので」

幸太郎は深々と頭を下げた。

五

いくらか経った。

おきくは幸太郎とともに大川端を歩いていた。薬研堀の湯屋でしばらく過ごし、きく屋へ戻るところだ。

「おもいで料理の絵図面はできた?」

おきくはたずねた。

「ああ、だいたいは」

幸太郎が答えた。

「やっぱり、あれは出すの?」

おきくが指さした。

暮れなずむ大川の水面を、ゆっくりと舟が下っている。いま船頭の艪がまた動いたところだ。

「そりゃあ、舟盛りだから」

幸太郎は笑みを浮かべた。

「ただの舟盛りだと、おもいで料理としては弱いような気が」

と、おきく。

「そこが思案のしどころだったな」

幸太郎が答えた。

「だった、ということは、もう思案できたってことね」

おきくが表情をやわらげた。

「まあな。白菊屋さんだけじゃなく、二人の子供さんも見えるから、そのあたりも思案に入れないと」

幸太郎が言った。

「舟盛りは大人向けですものね」

遠ざかっていく舟を見ながら、おきくは答えた。

「そうだな。うちも前にわらべのおもいで料理のようなものをつくってみたことがあるけれど」

幸太郎は思い出して言った。

「あのときは、つらくて食べられなくて」

おきくはあいまいな顔つきになった。

子供たちが喜んで食べていた餡巻きを幸太郎につくってもらったことがあった。

甘い餡を生地でくるみ、こんがりと焼きあげた菓子だ。

しかし……。

ひと口食べただけで、たまらなくなってしまった。

あの子たちはもういない。

あんなにおいしそうに食べていたのに、もうこの世にはいない。

そう思うと、餡巻きの甘さが、かえってたまらなくなってしまったのだ。

「そのうち、またつくってみるか。時が経っているから」

幸太郎が言った。

「そうね」

おきくは小さくうなずいた。

また間があった。

舟はもう見えなくなった。

「時が経てば、おもいでになるから」

半ばはおのれに言い聞かせるように、おきくが言った。

「そうだな」

幸太郎は短く答えた。

二人はしばらく、空で光りはじめた星を見ながら歩いた。

「まずは、白菊屋さんのおもいで料理だ」

何かをふっ切るように、きく屋のあるじが言った。

「皮切りだから、気張ってつくらないと」

幸太郎は笑みを浮かべた。

「ええ」

おきくも笑みを返した。

六

その日が来た。

白菊屋の徳之助が二人の子をつれてきく屋へやってきた。

「よくいらっしゃいました」

おきくが笑顔で出迎えた。

「お世話になります」

菓子屋の三代目が一礼する。

唐桟《とうざん》の着物がよく似合う、水際立った男ぶりだ。

「ようこそお越しくださいました。薬研堀まで駕籠でいらしたんでしょうか」

幸太郎がたずねた。

「いえ、上の子が歩くと言うものですから」

徳之助がよそいきの着物姿のわらべを手で示した。

「気張って歩いたよ」

上の子の信吉が答えた。

「浅草の福井町からここまで？」

おきくが驚いたように問うた。

「うん」

わらべが得意げにうなずいた。

「この子は折にふれて抱っこして運びました。ちょっと腕が痛いです」

徳之助が下の子を見た。

こちらも桜色のきれいな着物だ。

「それはそれは、大変でございました」

と、おきく。

「お帰りは薬研堀の駕籠屋さんがありますので」

幸太郎が言った。

「ええ。場所は分かっているので、駕籠にするつもりです」

白菊屋のあるじが白い歯を見せた。

「では、望洋の間にご案内いたします」

おきくが身ぶりをまじえた。

「階段を上るぞ」

徳之助が下の子のおちえに言った。

兄の信吉は八つ、おちえは二つ下の六つだ。

「うん、上る」

おちえが気の入った声で答えたから、場に和気が漂った。

七

茶か酒かと問われたので、ひとまずお茶で、と白菊屋徳之助は答えた。

二人の子はもちろんお茶だ。

おもいで料理が運ばれてくるまでに、徳之助はふところに入れた大きめの巾着からいくつかの品を取り出した。

手鏡、櫛、簪。

どれも亡き女房の形見の品だ。

「ここはおかあの席だからね」

徳之助はそう言って、遺品を一つずつていねいに並べていった。

「おかあ、来るの？」

六つの娘が無邪気に問う。

「……ああ、来ると思うよ」

父はそう答えた。

「どこから？」

おちえはなおもたずねた。

「あっちのほうかな」

徳之助は大川のほうを手で示した。

今日はいい日和だ。大川の水がことのほか澄んで見える。

「あっ」

八つのわらべが声をあげた。

「舟が来たな」

徳之助が指さした。

丸太を積んだわりかた大きな舟が大川に現れた。

「あれはどこへ行くの？」

新太郎がたずねた。

浄土、という言葉がだしぬけに浮かんだ。遺品を置き終えたばかりだからだろう。

「海のほうへ行って、大きな船に移し替えるんだろう。それから、いろいろなところへ運ばれていく」

父はそう教えた。

まず茶が来た。

「おもいで料理はまもなくお持ちいたしますので」

おきくがそう言って湯呑みを置いた。

「楽しみ」

信吉の声が弾む。

「熱いから、ふうふうして呑んでね」

おちえの前にも湯呑みが置かれた。

「うん」

六つのわらべがうなずいた。

「一つお願いがあるのですが」

白菊屋のあるじが切り出した。

「はい、何でございましょう」

おきくが答える。

「取り皿と箸を余分に頂戴できればと」

徳之助は遺品のほうを手で示した。

「……承知しました」

おきくはそう答えて瞬きをした。

手鏡のかたちが少しぼやけて見えた。

八

「お待たせいたしました。おもいで料理でございます」

幸太郎が両手で料理を運んできた。

ただし、中身を見ることはできなかった。

白い布で覆われている。

「これを取ればお披露目ですね」

白菊屋の三代目が指さす。

「さようです」

幸太郎は慎重に料理を置いた。

「取り皿とお箸をお持ちしました」

おきくが言った。

一人分多い取り皿と箸だ。手鏡と櫛と簪の前に置く。

「おかあの分」

おちえが言った。

「そうだね」

徳之助が感慨深げにうなずいた。

「では、お披露目で」

幸太郎はそう言うと、料理を覆っていた布をさっと取り払った。

「わあ」

信吉が声をあげた。

「ああ、舟と花火が……」

白菊屋の三代目が瞬きをした。

木でつくられた舟に、鯛の刺身と彩りのいい添え物が載っている。

これだけなら通常の舟盛りだが、おもいで料理はひと味違った。

舟には帆柱が取りつけられていた。

ただし、張られているのは帆ではなかった。

網大根だ。

料理に華を添えるむきものの一つで、巧みな手わざで網のかたちにする。思わず目を瞠るほど鮮やかな仕上がりだ。

それだけではなかった。

人参を細工切りにしてつくった桜の花びらが、網大根の上にいくつも散らされていた。

いくらか離れて見ると、それはたしかに花火に見えた。おもいでの川開きの晩、夜空を彩ったあの花火のようだった。

「のちほど、ご飯ものとお椀をお持ちいたしますので」

おきくが言った。

「そちらでも花火を」

幸太郎が言い添えた。

「甘味もございます」

おきくが笑みを浮かべた。

「至れり尽くせりですね。ありがたく存じます」

徳之助が礼を述べた。

「では、お茶のお代わりはこちらに」

おきくは鍋敷きの上に急須を置いた。

「ごゆっくりどうぞ」

幸太郎はそう言って腰を上げた。

九

「花火も食べられる？」

八つのわらべがたずねた。

「ああ、醤油につければな。味はついていないから」

徳之助はそう答えると、陰膳の取り皿に鯛の刺身をひと切れ載せた。

「おかあには、花火をあげよう」

網大根の端のほうを手で慎重にちぎり、人参の花びらを添える。

「きれい」

おちえが言った。

「お刺身、食べられるか？」

父が問うた。

「うん」

短いわらべ用の箸が、ややぎこちなく動いた。

「おいしい」

刺身を賞味した信吉が言った。

「こりこりしていてうまいな」

徳之助が笑みを浮かべた。

「おかあの分は？」

おちえが問うた。

「包んでもらってお供えにしよう。向こうからも見てるだろう」

徳之助は亡き女房の手鏡を指さした。

「見てる？」

おちえがさらに問うた。

「ああ、見てるさ」

徳之助はそう言って、大川のほうを見た。

日の光を弾く水のさまは、まるで浄土のようだった。

あの向こうに、おはるがいる。

いまも見守ってくれている。

そう思うと、白菊屋の三代目は胸にこみあげるものを感じた。

ややあって、ご飯ものと椀が運ばれてきた。

「ぬる燗を一本お願いできますか」

徳之助が言った。

「承知しました」

椀を置きながら、幸太郎が答えた。

「猪口は二つで」

指を二本立てる。

「はい」

おきくがうなずいた。

「あとは甘味がございます。では、御酒の支度を」

幸太郎は一礼した。

十

「わあ、きれい」

ご飯ものの蓋を取ったおちえが声をあげた。

「これは何？」

信吉がたずねた。

「かくやめしじゃないかな。前にもこちらでいただいたことがある」

父が答えた。

「かくやって？」

跡取り息子がさらにたずねた。

「色とりどりの漬物を刻んで、もみ海苔や炒り胡麻をまぜて食べるんだ。これも花火みたいだな」

徳之助は答えた。

沢庵、柴漬、高菜漬、それに、上方由来のべったら漬、さまざまな色合いと味の漬物を刻んでまぜあわせると、見た目が美しいし、それぞれの味が響き合っておいしくなる。かくやの名の由来は、岩下覚弥《いわしたかくや》という料理人が考案したとも、高《こう》野山《やさん》の隔夜堂《かくやどう》を守る老いた僧のために考えられたからだとも言われている。

続いて、椀物の蓋が取られた。

「これもきれい」

おちえが笑みを浮かべた。

「花麩《はなふ》を浮かべたすまし汁だね。ここでも花火が揚がってる」

徳之助は瞬きをした。

陰膳に目をやる。

あの日のおはるの表情がありありと浮かんできた。

おもいで料理が、大切なおもいでを鮮やかによみがえらせてくれたのだ。

徳之助はかくやめしを口中に投じた。

さまざまな漬物がまじり合って、ささやかな花火のように味を伝える。

「うまいな」

亡き女房の席に向かって、徳之助は言った。

川開きの晩から、たった半年だった。

これから先、たくさんのおもいでをつくれたはずの恋女房は、早患いで先に旅立ってしまった。無念だった。
徳之助は吸い物を啜った。
奇をてらわないすまし汁の味が心にしみた。
酒が来た。
猪口は二つだ。
「こちらに」
おきくが片方を陰膳の席に置いた。
すぐ一礼して去る。
目礼をすると、徳之助は銚釐を手に取った。
「……呑め」
亡き女房の猪口につぐと、白菊屋の三代目はまた大川のほうを見た。
白鳥《しらとり》が一羽、中洲のほうへ飛び立っていった。
そのさまを、徳之助はしみじみと見送っていた。

十一

「お出ししてもいいということで」

二階から戻ってきたおきくが告げた。

「承知で」

幸太郎が気の入った声で答えた。

「いよいよ締めね」

と、おきく。

「さんざん思案して、何度もしくじりながらつくった甘味だから」

支度をしながら、幸太郎が言った。

「わたしはお汁粉のほうを」

おきくが動いた。

「頼む」

井戸水につけて冷やしておいた甘味を盆に並べながら、幸太郎が短く答えた。

ほどなく、支度が調った。

二人で手分けして盆を運ぶ。

「お待たせいたしました。本日のおもいで料理の締めは、『遠花火』と名づけた甘味でございます」

幸太郎がまず言った。

「お汁粉もお持ちしました」

おきくも和す。

「これは、寒天でつくったお菓子ですか」

徳之助が身を乗り出した。

青々とした竹の葉の上に、目がさめるような菓子が載っている。

「さようです。寒天に甘味を加えて固めたものを錦玉羹《きんぎょくかん》と申します。このたびは、さまざまな材料で色をつけた小さな寒天を中に入れ、茶巾《ちゃきん》絞りで仕上げて見ました。こうすると、錦玉羹の中の遠いところで花火が揚がっているように見えるかと」

幸太郎が手で示した。

「ああ、なるほど……見えます」

白菊屋のあるじが感慨深げに瞬きをした。

「これが花火?」

信吉がのぞきこんだ。

「そうだよ。あの日、おかあと一緒に見た花火だよ」

声が少しふるえた。

「食べられる?」

おちえが少し不安そうに問うたから、場の気がふっとやわらいだ。

「食べられますよ。お汁粉もどうぞ」

おきくが笑顔で言った。

「わあい」

「じゃあ、食べる」

二人のわらべが言った。

「本当に、素晴らしいおもいで料理をつくっていただいて、ありがたく存じます」

初めての頼み人が頭を下げた。

「そう言っていただければ、思案してつくった甲斐があります」

幸太郎はそう言うと、おきくに目くばせをして立ち上がった。

「では、ごゆっくり」
おきくも続く。
階段を途中まで下りたところで、声が響いてきた。
おいしい！
信吉の声だ。
幸太郎とおきくの目と目が合った。
どちらの顔にも笑みが浮かんでいた。

第六章　ひもかわうどん

一

「白菊屋さんはことのほかお喜びでしたよ」

戯作者の乗加反可が言った。

きく屋の一枚板の席だ。

「さようですか。それはつくった甲斐があります」

幸太郎が厨から答えた。

「このたびのおもいで料理のことは、さっそくかわら版に書かせていただきますので」

多芸多才の男が笑みを浮かべた。

「まあ、それはそれはありがたく存じます」

おきくが頭を下げた。

「これでまた頼み人が来ますね」

分厚い眼鏡をかけた男が言った。

碁打ち兼俳諧師の影野元丈だ。今日も仲のいい乗加反可と一献傾けている。

「そうなればありがたいですね。……はい、お待ちで」

幸太郎が肴を出した。

「おいしそうなものが来ましたね」

乗加反可がのぞきこむ。

「稚鮎の南蛮漬けでございます。このたびはふた晩おいたものをお出ししました」

幸太郎が言った。

「漬けてまもないものを出すこともあるんですか」

元丈がたずねた。

「一時《いっとき》（約二時間）くらい南蛮酢に漬けてお出しすることもあります。そちらもかりっとしておいしいんですが、じっくりと漬けるとしっとりと味がなじんでまいります」

幸太郎は答えた。

南蛮酢は酢と濃口醤油と酒が同じ割りでつくる。ここに揚げた稚鮎を漬け、赤唐辛子の輪切りと蓼《たで》の葉を添える。

「なるほど」

元丈はうなずいた。

さっそく客の箸が動いた。

「ああ、これはたしかに深いですな」

乗加反可が言った。

「碁になぞらえれば、じっくりと厚みをつくって、じわじわとヨセていくかのような味です」

碁打ちがいささか分かりにくいことを口走る。

「きく屋さんの料理は、どれもこれもおもいで料理になりそうです」

酒のお代わりを運んできたおきくに向かって、戯作者が言った。

「ありがたく存じます。おつぎします」

きく屋のおかみが笑顔で銚釐をかざした。

二

「できたてのを持ってきたよ」

眉が白くなった隠居が刷り物をかざした。

地本問屋、武蔵屋の佐吉だ。

「かわら版でございますか？」

おきくが問うた。

「町でばったり乗加反可先生に会ったんだ。ちょうどかわら版を売り出したところで、ついでがあるならきく屋さんに渡してくれないかと言われたものでね」

武蔵屋佐吉が答えた。

「まあ、わざわざありがたく存じます」

おきくがすまなそうに言った。

「ご足労をおかけしまして」

幸太郎も厨から言う。

「なに、隠居の身は暇だからね。それに、その用がなくても寄っておいしいものをいただこうと思ってたんだから。ともかく、これを」

佐吉はおきくにかわら版を渡した。

「頂戴します」

おきくが受け取る。

「手が離せないから、読んでくれないか、きく」

天麩羅の支度をしていた幸太郎が頼んだ。

「あいよ」

二つ返事で答えると、おきくはかわら版を読みはじめた。

こんな文面だった。

大川端のきく屋は、大川をのぞむながめ良き料理屋なり。この名店にて、新たなる試みが始まれり。
おもひで料理
置き看板にも記されてゐるこの料理は、客がおもひでの料理、いまひとたび食してみたいといふ料理を再現するものなり。また、忘れられぬおもひでを料理にして表す場合もあるなり。

さて、おもひで料理の初めての頼み人は、浅草福井町の菓子舗、白菊屋の三代目徳之助なりき。かつて女房と二人の子や番頭らとともに屋根船に乗り、両国の川開きの花火を見物したり。さりながら、楽しきおもひでの晩の半年後、恋女房は早患ひにてあの世へと旅立てり。

その大切なおもひでを、きく屋は見事に表せり。むきものを駆使した料理もさることながら、遠花火と名づけられた菓子は目を瞠る出来栄えなりき。

おもひで料理の場には、亡き女房の手鏡や櫛や簪が置かれ、陰膳が据ゑられたり。亡き人はひそかに現れ、なつかしき者たちの顔を見てをらん。善哉《よきかな》善哉。

最後のほうは少し言葉が詰まったが、おきくはどうにか読み終えた。

「ありがたいことで」

幸太郎がそう言って、しゃっと天麩羅の油を切った。

穴子の一本揚げだ。

丸まらないように揚げるのにはこつがいるが、見事な出来栄えだった。

「これでまた頼み人が増えるね」

地本問屋の隠居が笑みを浮かべた。

ほどなく、料理が仕上がった。

食べやすい長さに切って筏のように重ね、抹茶塩を添える。

佐吉はさっそく箸を伸ばした。

「さくっと揚がってるよ。うまいね」

食すなり、隠居が相好を崩した。

「ありがたく存じます。これは大切にしまっておきますので」

おきくは刷り物をていねいにたたんだ。

三

その日は仕込みに時がかかったが、きく屋の二人は薬研堀の湯屋へ行くことにした。

大川端には風が吹く。風が強い日は難儀をするので、湯屋へ行ける日にはなるたけ行っておくことにしていた。

湯屋を出ると、だいぶ闇が濃くなってきていた。それでも、西の空のほうにはまだ赤みが残っている。

石につまずいて転んだりするといけないから、提灯に灯を入れ、幸太郎がかざしながら歩いた。

「おもいで料理は、あらかじめ値《あたい》をつけるわけにはいかないわね」

おきくが言った。

「そうだな。おもいで料理にもいろいろあるから」

幸太郎が答える。

「白菊屋さんは気に入ってくださったようで、多めにお代を頂戴できたけれど」

と、おきく。

「それはもうお気持ちでいいね。もちろん、値はつけるけれど」

幸太郎が言った。

「宴や講などのお客さんも見えるから、おもいで料理でかせぐことはあんまり考えないほうがいいかも」

おきくはそう言って、大川のほうを見た。

空は暗くなり、星が瞬きはじめても、大川の水はなおわずかに光っている。

大川あかりだ。

そのたたずまいが心にしみた。

「そうだな。お客さまのために、おもいで料理を精一杯つくらせていただく。かせぎは二の次だな」

幸太郎は笑みを浮かべた。

「ええ」

おきくも笑みを返した。

「舟が来たな」

幸太郎が指さした。

日が暮れても、漁《すなど》る舟などが折にふれて姿を現す。

「あの光ってるところの向こうに浄土があるみたい」

おきくはさりげなく指さした。

「浄土か……近くて遠いな」

幸太郎が瞬きをした。

「遠くて近いかも」

おきくが言う。

幸太郎は提灯をすっとかざした。

大川あかりが少し濃くなった。

四

次のおもいで料理の頼み人が来たのは、それから三日後のことだった。

寄合で使ってくれたいくたりかの客を見送り、ひと息ついた七つごろ（午後四時）、表で声が響いた。

「ここでございますね、旦那さま」

「そうだね。『おもひで料理』と置き看板が出ているよ。入ってみようかね」

それを聞いて、おきくは襟元を整えた。

客が濃いめの水色ののれんをくぐってきた。

「いらっしゃいまし」

おきくが笑顔で出迎えた。

「これに載っていたきく屋さんだね」

商家のあるじとおぼしい男がふところからかわら版を取り出した。

「さようでございます」

おきくは軽く頭を下げた。

「こんな涙を誘うような話じゃないんだが、わたしもおもいで料理をお願いしたいと思ってね」

客がそう切り出した。

「承知しました。こちらにどうぞ」

おきくは一枚板の席を手で示した。

「おまえさん。おもいで料理のお客さまが見えましたよ」

望洋の間で片付け物をしている幸太郎に向かって、おきくは声を張りあげて伝えた。

「いま行く」

声が返ってきた。

ややあって、大きな盆に皿などを載せて、幸太郎が下りてきた。

「お待たせいたしました。これを片づけたらお話をうかがいますので」

盆を抱えたまま、幸太郎が言った。

「ああ、急がなくてよろしゅうございますよ」

客が口調を改めて答えた。

「御酒でよろしゅうございましょうか」

おきくが問うた。

「そうしていただければ。手代にはお茶を」

客はお付きの若者を手で示した。

ほどなく支度が調い、互いに名乗った。

二人目のおもいで料理の頼み人は、小伝馬町《こでんまちょう》の小間物問屋のあるじ、丸屋彦次《まるやひこじ》郎《ろう》だった。小間物問屋ばかりでなく、何でも三十八文で売る三十八文見世も営んでいる。

どちらの品にも丸に「丸」の屋号が入っている。見た目が上品で、ことに女衆に人気があった。

酒と茶が出た。

肴はまずしし唐の油焼きを出した。胡麻油でさっと揚げたじゃこと合わせると、小粋な肴になる。

「うまいですな」

彦次郎が満足げに言った。

「鯛茶やあぶった鰺の干物などもお出しできますが」

幸太郎が水を向けた。

「では、それも頂戴いたしましょう。茶漬けは手代にも」

小間物問屋のあるじが答えた。

「承知いたしました」

幸太郎は笑顔で答えた。

ややあって、鯛茶と干物が出た。

「旦那さまのお付きでよかったです」

手代がそう言ったから、きく屋の一枚板の席に和気が漂った。

「では、おもいで料理のあらましをうかがえればと」

頃合いと見て、幸太郎が言った。

「承知しました」

頼み人が猪口を置いた。

五

わたしが生まれ育ったのは上州《じょうしゅう》の渋川《しぶかわ》というところでしてね。二親ともに小さい頃に亡くなり、親族とはわけあって疎遠で、十四のときにつてを頼って江戸に出てきてからは、一度たりとも故郷に帰ってはおりません。訪ねるところももはやないもので。

丸屋彦次郎が語る。

きく屋の二人がじっくりと聞く。

おきくは矢立を取り出し、勘どころを紙に書いておく構えになった。

そのうちせがれに身代を譲って隠居の身になったら、遅ればせに墓参りに行って親不孝をわびようかと思っております。

で、お願いしたいおもいで料理は……。

小間物問屋のあるじは座り直してから続けた。

「ひもかわうどん、なんです」

丸屋彦次郎が告げた。

「ひもかわうどん、でございますね」

おきくは復唱してから紙に記した。

「わらべのころに食した地《じ》の料理です。父が打ち、母が具を入れてつくってくれたことをおぼろげに憶えています。あのおもいでの味をもう一度味わえればと、かわら版を読んで思いましてね」

彦次郎はいくらか遠い目つきで言った。

「上州にはおっきりこみもあります。そちらはつくったことがあるんですが」

幸太郎が言った。

「ひもかわうどんはもっと幅広でしてね」

頼み人は身ぶりをまじえた。

「ほうとうともまた違うわけですね」

おきくがたずねた。

「さようですね。とろみがあって具だくさんのところは似ていますが、ひもかわうどんはとにかく幅広で」

丸屋のあるじはそう言うと、鯛茶の箸を動かした。

それを見て、手代の箸も動く。たちまちその顔に満足げな色が浮かんだ。

「書物で読んだことはあります。探せばあるはずで」

幸太郎が言った。

「料理の書物は手当たり次第に繙《ひもと》いているんです」

おきくが笑みを浮かべた。

「それは頼もしいです。……ああ、おいしゅうございました」

鯛茶を平らげた彦次郎が箸を置いた。

「しかし、書物に記されているものと、実際に召し上がったものとは違うはずですので」

幸太郎の顔つきが引き締まった。

「わたしが憶えているひもかわうどんには二種がありましてね」

小間物問屋のあるじは指を二本立てた。

「一つは、釜揚げであつあつのものを、濃いめのつゆにつけて食すんです」

頼み人はまた身ぶりをまじえた。

「おいしそうです」

と、おきく。

「もう一つは具だくさんですね？」

幸太郎がたずねた。

「ええ。何が入っていたかはくわしく思い出せませんが、人参、大根、里芋、葱、蒟蒻、豆腐……」

彦次郎が指を折る。

「おっきりこみやほうとうなどとも似た具だくさんですね」

幸太郎がうなずいた。

「さようです。そちらはしっかりと煮込んでありました」

丸屋のあるじが答えた。

「なるほど」

おきくの筆が動く。

「では、試しづくりや舌だめしもございますので……」

幸太郎は少し思案してから続けた。

「ひと月ほど時をいただければと」

「承知しました」

丸屋彦次郎はすぐさま答えた。

「お手間をおかけします」

二人目の頼み人がていねいに頭を下げた。

六

「上州生まれなら、升屋さんのところにいるはずだよ。前に聞いたから」

蔦屋の隠居の半兵衛が言った。

手代の新吉をともなってふらりと顔を出し、一枚板の席で次のおもいで料理の話を聞いたところだ。

「さようですか。できれば舌だめしをしていただければありがたいですね」

幸太郎が言った。

「試しづくりは始めてるんですけど、麺の幅がこれでいいかどうか分からないみたいで」

おきくが少し首をかしげた。

「書物には幅までくわしく載っていませんで」

と、幸太郎。

「なら、碁を打ちがてら升屋さんに行って伝えてくるよ」

半兵衛は温顔で言った。

「そうしていただければありがたいです」

幸太郎は頭を下げた。

お通しと鮎の天麩羅に続いて、次の肴が出た。

穴子の照り焼きだ。

これは平たい鍋でつくる。穴子の身はやわらかくて崩れやすいから、竹串を巧みに用いてたれをからめていく。同じ割りの味醂と酒に醬油を加えた風味豊かなたれだ。

「これは江戸の味だね」

蔦屋の隠居が笑みを浮かべた。

さりげなく手代の分を取り皿に載せて回す。

「ありがたく存じます」

新吉の瞳が輝いた。

「江戸のおもいで料理になるかもしれませんね」

おきくが笑みを浮かべた。

「それを言うなら、あらゆる料理はおもいで料理になるかもしれない。まあ言ってみれば……」

半兵衛は少し言葉を探してから続けた。

「人の数だけ、おもいで料理があるのかもしれないよ」

隠居は含蓄のあることを言った。

「人の数だけ、おもいで料理があると」

おきくが復唱する。

「でも、一人でたくさんおもいで料理をお持ちの方もおられるのでは？」

手代の新吉はそう言うと、穴子の照り焼きをうまそうに胃の腑に落とした。

「ああ、おまえの言うとおりだね」

隠居が笑みを浮かべる。

「何にせよ、次のおもいで料理もご満足いただければと」

幸太郎が引き締まった表情で言った。

「升屋さんに行って、舌だめしの件を伝えてくるから」

半兵衛が言った。

「よろしゅうお願いいたします」

おきくが先に頭を下げた。

七

升屋の主従がきく屋へやってきたのは、幾日か経ってからのことだった。

ひもかわうどんは三種ほど試し打ちをしてあった。ゆでるのに時はかかるが、それまではほかの肴を出し、上州の話を聞くことにした。

升屋の喜三郎とともにやってきたのは、若い手代だった。聞けば、渋川に近い在所の出で、折にふれてひもかわうどんを食していたらしい。

「まずは幅がどうか知りたいので、釜揚げで三種を食べ比べていただければ」

幸太郎が言った。

「承知しました。やらせていただきます」

まじめな手代が答えた。

「ついでにわたしも舌だめしを」

升屋の隠居が手を挙げた。

「お持ちいたしますので」

おきくが笑みを浮かべた。

ややあって、小ぶりの盥《たらい》とつゆが運ばれてきた。

釜揚げの三種のひもかわうどんだ。

「これはまた、びっくりするほど幅広だね」

喜三郎がいちばん幅広の麵を箸でつまんだ。

「さすがにこれは幅広すぎるかと」

手代が首をかしげた。

「つゆにつけるのもひと苦労だ」

隠居が苦笑いを浮かべる。

「でも、こしがあって、おいしゅうございます」

手代がそう言って、幅広の麵を胃の腑に落とした。

「あと二種ございますが」

おきくが手で示した。

「こちらはわりかた普通のうどんだね」

幅広の麵を半ば残した隠居が、いちばん細い麵をつまんだ。

「ちょっと細すぎるようです」

手代が言った。

「すると、残るは一つだけですね」

手ごたえありげに、幸太郎が言った。

「ただいま、舌だめしを」

幅広の麺を食べ終えた手代が箸を伸ばした。

みなが見守る。

「ああ、これです」

麺をしげしげと見た手代が言った。

つゆにつけ、口中に投じる。

「おいしゅうございます」

手代は笑みを浮かべた。

「つゆの味はいかがでしょう」

幸太郎がたずねた。

「はい、こういう濃いつゆでございました。ちょっとおいしすぎますが」

手代は小首をかしげた。

「わざとまずくするわけにはいかないからね」

升屋の隠居がそう言ったから、きく屋に控えめな笑いがわいた。

「ともかく、これでいけそうです。ありがたく存じました」

「ありがたく存じます」

きく屋の夫婦が頭を下げた。

八

おもいで料理の日が来た。

丸屋の隠居の彦次郎は、跡取り息子の嘉兵衛《かへえ》を伴ってのれんをくぐってきた。

料理が供されるのは一階の小ぶりな部屋だ。小人数の会食なら、ここがいちばん落ち着く。

囲炉裏もある。

今日はひもかわうどんの煮込みも供されるから、この部屋になった。

「では、まず釜揚げうどんから」

幸太郎が鍋を囲炉裏にかけた。

「あらかじめ煮てありますので、煮立ったら召し上がれるかと」

おきくがそう言って、二人分のつゆを置いた。

「ああ、この感じですね」

のぞきこんだ彦次郎が言った。

「聞いていたとおり、幅広の麺だね、父さん」

跡取り息子が瞬きをした。

すでに酒とお通しが出ている。幸太郎とおきくは、舌だめしが終わるまで壁際に下がって待った。

「そろそろ頃合いだな」

彦次郎が箸を伸ばした。

食し終わるまで、きく屋の二人は固唾を吞んで見守っていた。

「ああ」

と、声がもれた。

「おっかさんの顔が……」

おもいで料理の頼み人はそう言うと、続けざまに瞬きをした。

「思い出したかい」

嘉兵衛が問う。

「そこに座ってるみたいだ」

彦次郎がだれもいないところを指さした。

「幅はいかがでしょう」

幸太郎がたずねた。

頼み人はうんうんとうなずいた。

「これくらいの幅だったよ。これぞ、おもいで料理で」

その言葉を聞いて、おきくは胸に手をやった。

ほっとしたが、まだ次がある。

幸太郎と目と目が合った。

「では、煮込みの支度をしてまいります」

きく屋のあるじが言った。

「ああ、頼みます」

丸屋の隠居は表情をやわらげた。

「少々お待ちくださいまし」

おきくは笑みを浮かべた。

九

湯気がふわっと漂っている。

囲炉裏にかかった鍋はいい塩梅に煮えてきていた。

「お取り分けします」

おきくが腰を上げた。

「ああ、すまないね」

頼み人が言った。

「好き嫌いはございませんか」

おきくが訊く。

「何でもおいしくいただいているよ」

隠居が温顔で答えた。

ほどなく、二人分のひもかわうどんの煮込みが取り分けられた。

おきくは幸太郎とともにいくらか下がった。

「……この味だ」

丸屋彦次郎が感慨深げに言った。

「いまは亡きおとっつぁんが打って、おっかさんがつくってくれた、あのおもいでの味だよ」

頼み人はそう言って、何度も目をしばたたかせた。

おきくは目尻に指をやった。

だしぬけに、味が伝わってきた。

実際に箸を動かし、味わっているわけではない。頼み人がおもいで料理を食しているのを見ているだけなのに、その味がありありと伝わってきたのだ。

おきくは目を閉じた。

おぼろげな光景が浮かぶ。

家族が囲炉裏端で夕餉を囲んでいる。食しているのは煮込みのひもかわうどんだ。

わらべには面影がある。幼い頃の丸屋彦次郎だ。

ふうふうと里芋に息を吹きかけ、いま口中に投じ入れたところだ。

その味が……だしのしみた里芋の味が、たしかにおきくにも伝わってきた。

「うまいか、父さん」

跡取り息子の声で、おきくは我に返った。

「ああ、うまい。里芋がよく煮えてる」

しみじみとした口調で、彦次郎は答えた。

きく屋の二人の目と目が合った。


よかったわね。

ご満足いただけて。


おきくはまなざしでそう告げた。

幸太郎は笑みを返した。

「きく屋さん」

ややあって、彦次郎が箸を置いて言った。

「このたびは、本当にありがたく存じました」

小間物問屋の隠居は居住まいを正して頭を下げた。

「こちらこそ、ありがたく存じました。学びになりました」

幸太郎も礼を返した。

「おもいで料理で間違いございませんでしたか？」

おきくはたずねた。

「見事なまでの、おもいで料理で」

頼み人は笑顔で答えた。

第七章　名物筏揚げ

一

「初鰹もそうだったが、今年の初素麺もきく屋だな」

着流しの快男児が言った。

森繁右京こと、美濃前洞藩主の新堂大和守守重だ。

「時が経つのはあっという間で」

おきくがそう言って酒をついだ。

檜の一枚板の席だ。

「川開きが終わったと思ったら、うかうかしているともう秋が来るぞ」

お忍びの藩主はそう言うと、猪口の酒をくいと呑み干した。

「さすがにまだ夏は続きましょう」

おきくは笑みを浮かべた。

新堂大和守の箸が素麵に伸びた。

涼やかな青竹に盛り付けられている。薬味の生姜を少し添えると、お忍びの藩主は小気味いい音を立てて素麵を啜った。聞いているだけで暑気が払われるような音だ。

「ところで、置き看板を出したおもいで料理はどうだ。頼み人は来ているか」

森繁右京と名乗る男が問うた。

「おかげさまで。二人見えました」

厨で団扇を動かしながら、幸太郎が答えた。

焼いているのは鰻の蒲焼きだ。たれのいい香りが漂っている。

「どういう客だ」

お忍びの藩主はさらに問うた。

「幼い頃にいまは亡きご両親がつくってくださった上州のひもかわうどんをお出ししたところ、大変喜んでくださいました」

おきくはそちらのほうの話をした。

花火と舟盛りのほうは、半年後に恋女房が亡くなってしまうから、いささか重くなってしまう。

「そうか。徳を積んでいるな」

新堂大和守はそう言うと、残りの素麵を平らげた。

「いま蒲焼きをお持ちしますので」

厨から幸太郎が言った。

「おう」

いなせに右手を挙げると、森繁右京と名乗る男はおきくの酌をやんわりと断り、手酌で次の酒を呑んだ。

「おれも、大名のたまり場などでおもいで料理の話をしてきてやろう」

お忍びの藩主は思いがけないことを言った。

「えっ、でしたら、そのうちお大名の頼み人が……」

おきくが驚いたように言った。

「いや、そんなに調子よく進むとは思えぬが、網はなるたけ大きく張ったほうがよいであろう」

着流しの快男児は身ぶりをまじえた。

「どうかよしなにお願いいたします。……鰻の蒲焼きでございます」

幸太郎はできたての料理を一枚板の席に置いた。

「おう、来た来た」

お忍びの藩主はさっそく箸を伸ばした。

健啖の男がうまそうにほおばる。

「……うまい」

快男児が白い歯を見せた。

二

いくらか経ったある日――。

きく屋の望洋の間は、いつもと趣が異なっていた。

床の間ばかりでなく、大広間の壁側にも掛け軸がいくつも掛かっている。飾られているのは絵だ。

今日は谷文晁一門の展示即売会だった。

おおむね年に一度、きく屋で催されている。師の谷文晁ばかりでなく、おもだった門人たちが腕をふるった絵が一堂に会しているから壮観だ。

望洋の間の隅には谷文晁と門人がいくたりか詰め、客は気に入った絵をその場で購うことができる。かなりの値がついているものもあるが、この会を目当てに遠くから足を運ぶ客もいる。売れた絵の値で、一門はその年の画材代をまかなっているというもっぱらのうわさだった。

「おう、観に来たぜ」

のれんをさっと分けて、奥鹿野左近同心が入ってきた。

「いらっしゃいまし、奥鹿野さま」

おきくが笑顔で出迎えた。

「両国橋の西詰で刷り物を配ってたからよ」

定廻り同心はそう答えると、さっそく階段を上りはじめた。

相変わらず動きが軽い。

ややあって、見物を終えた奥鹿野同心が下りてきた。

「やっぱり師匠のがひと味違ったな。弟子の絵もいくたりかは見どころがあったが」

廻り方同心が言った。

舌も肥えているが、目のほうもなかなかのものだ。

「どのあたりが違いましょうか」

おきくがたずねた。

「同じ大川の景色を描いた絵でも、師匠のは奥行きが違う。光ってる大川の水が遠くまで続いてるみてえだ」

同心は身ぶりをまじえた。

「大川の水は、浄土まで続いているかのように見えることがあります」

おきくがうなずいた。

「おう、そうだ。浄土まで続いてるみてえな感じだ。それが師匠の絵には出てた。……お、水を一杯くんな。また廻り仕事だからよ」

奥鹿野左近はいなせなしぐさをした。

「承知しました。ただいまお持ちします」

厨から幸太郎が言った。

柄杓の水が来た。

同心がのどを鳴らして呑む。

「おう、邪魔したな」

そう言って渋く笑うと、同心はおきくに柄杓を返してすぐに出ていった。

「お気をつけて」

その背に、おきくは明るい声をかけた。

三

谷文晁一門の展示即売会は盛況のうちに終わった。

後片付けが終わると、同じ望洋の間で打ち上げになった。

刺身の盛り合わせに鱚《きす》の天麩羅、とりどりの料理と酒が運ばれる。

「今日は朝から大儀であった。呑みすぎぬほどに呑め」

谷文晁が言った。

絵が思いのほか売れたので上機嫌だ。

「はい」

「そういたします」

門人たちが答える。

谷文晁は鱚の天麩羅に箸を伸ばした。これは画家の好物だ。

「まさかわたしの絵まで売れてくれるとは、思いもよりませんでした」

門人の一人が笑顔で言った。

「絵が売れるのは初めてか」

師が問うた。

「はい、さようです」

門人が答えた。

「それは長く忘れぬものだ。購ってくださった方の恩を忘れずに励め」

谷文晁が言った。

「はっ。励みます」

弟子は頭を下げた。

ここでおきくが酒のお代わりを運んできた。

「本日はありがたく存じました」

谷文晁に酒をつぐ。

「こちらこそ」

画家はつがれた酒をくいと呑み干した。

「ときに、おかみ。おもいで料理のほうはどうだ」

谷文晁がたずねた。

「まだお二人ですけど、心をこめてつくらせていただきました」

おきくは答えた。

「そうか」

一つうなずくと、南画の大家は弟子たちのほうを見た。

「料理も絵も、味わう者の心があってこそのものだ」

そう教える。

「観た者の心に残り、おもいでとなる絵を描け。そのために、研鑽を惜しむな」

谷文晁はそう教えた。

「はい」

「精進します」

弟子たちがいいまなざしで答えた。

四

翌る日――。
白菊屋の徳之助が手代とともに包みを提げて姿を現した。

「あきない物で恐縮ですが、白餡入りの押し物の鯛を持ってまいりました」

徳之助は包みを軽くかざした。

「まあ、わざわざお持ちくださったんですか。ありがたく存じます」

おきくは一礼して受け取った。

「いえ、近くに仕入れの用があったものですから」

白菊屋の三代目が笑みを浮かべた。

「よろしければ、またご家族でお越しくださいまし」

幸太郎が厨から言った。

「ええ。二人の子はいまだにおもいで料理の話をしますよ」

と、徳之助。

「つくった甲斐があります」

幸太郎は白い歯を見せた。

「ほかにおもいで料理の頼み人はいらっしゃいましたか」

徳之助が訊いた。

「上州のひもかわうどんをつくらせていただきました」

幸太郎が答えた。

「ひもかわうどん、でございますか」

白菊屋のあるじは少し首をかしげた。

「上州の幅広の麺で、釜揚げでも煮込みでもおいしいんです」

おきくが言った。

「さようですか。武州のほうとうのようなものですか」

徳之助が訊く。

「幅が違いますが、とろみのあるところはよく似ています。ほうとうは武州では醤油味で葱が欠かせませんが、甲州では味噌仕立てで南瓜が美味です。どちらも冬場にありがたい料理ですが」

幸太郎は答えた。

「それはぜひ、家族で味わってみたいです」

徳之助が乗り気で言った。

「囲炉裏のある部屋もございますので、ぜひお越しください」

おきくが笑顔で言った。

「承知しました。では、本日はこれにて」

白菊屋の三代目がていねいに頭を下げた。

五

それからいくらか経った。
おきくは望洋の間の拭き掃除をしていた。
今日は小人数の寄合が一つ入っただけで、大川を望む大広間は静かだった。
掃除を終えたおきくは、ふと大川のほうを見た。
いい日和で、べつに群雲《むらくも》のごときものは見えない。
なのに……。
なぜかふと胸さわぎがした。
これから雨になるのかしら。
雷が鳴りだしたりして……。
おきくはいぶかしく思いながら階段のほうへ向かった。
声が聞こえたのは、二、三段下りたときのことだった。

待ちやがれ。

御用だ!


切迫した声が外から響いてきた。

川の上手、薬研堀のほうだ。

「おまえさん!」

おきくは声を発しながら残りの階段を下りた。

幸太郎も気づいた。

何かのときに備えになるようにと、厨の隅に硬い樫の棒を立てかけてある。それをつかんで、急いで外へ出た。

おきくも続く。

表に出ると、刃物を持った男が一人、こちらへ向かってくるところだった。

「待ちやがれ」

後ろから捕り方が追う。

いま声を発したのは辰平親分だ。

「御用だ。神妙にしろ」

番所に詰めていたとおぼしい役人が小ぶりの刺股を持って追う。

おきくは息を呑んだ。

「どきやがれっ」

悪相の男が刃物を振り回しながら向かってきた。


また悪いことが起きる。

今度は幸太郎さんがやられてしまう。


おきくは胸に手をやった。

だが……。

次の刹那《せつな》――。

がんっ、と鈍い音が響いた。

幸太郎が思い切り振り下ろした硬い樫の棒が、賊の脳天にものの見事に命中したのだ。

「ぐわっ」

悲鳴があがった。

「御用だ」

捕り方が刺股を突きつけた。

「神妙にしな」

独楽廻しの辰が賊を後ろ手で縛る。

鮮やかな動きだ。

いつのまにか、賊の手から刃物が落ちていた。

おきくはふっと息をついた。

ややあって、賊は番所へ引き立てられていった。

六

「おう、働きだったな」

奥鹿野左近同心が顔を見せるなり言った。

「今日は軽い打ち上げで」

辰平親分が右手を挙げた。

「おいらはまあ、ついでってことで」

その子分の地獄耳の安が笑みを浮かべた。

「いらっしゃいまし。こちらでよろしいでしょうか」

おきくが一枚板の席を手で示した。

「おう。あるじに礼を言いにきたんだからな」

奥鹿野同心が渋く笑って腰を下ろした。

十手持ちとその子分も続く。

「それにしても、剣の道なら見事な一本で」

独楽回しの辰が腕を振り下ろした。

「向こうから来たんで、もう無我夢中でしたよ」

幸太郎が言った。

「ほんとにもう、生きた心地がしませんでした」

おきくが包み隠さず言った。

「いや、鮮やかな一本だったぜ。相手は目を剝きやがった」

十手持ちが言う。

「では、一本つながりで……」

幸太郎は少し思案してから続けた。

「穴子の一本揚げはいかがでしょう」

そう水を向ける。

「おう、いいな。くんな」

奥鹿野同心はすぐさま答えた。

「そりゃ食いますよ」

辰平親分が続く。

「なら、おいらも」

地獄耳の安がすかさず言った。

「承知しました」

幸太郎はさっそく支度に取りかかった。

「御酒をお持ちしますので」

おきくも動く。

ややあって、まず酒が出た。

お通しは暑気払いの奴豆腐と、蛸と胡瓜の酢の物だ。

「ところで、捕まったのはどういう人で？」

同心に酒をつぎながら、おきくはたずねた。

「空き巣だよ」

奥鹿野同心は答えた。

「空き巣ですか」

と、おきく。

「おう。大川端から川向こうまで、幅広く荒らしていやがった。すっかり観念して洗いざらい吐きやがったがな」

同心が伝えた。

「番所に寄ったあとに、様子がおかしいやつに出くわしたんで、声をかけたらいきなり逃げ出しやがった。そこで、役人と一緒に追っかけたってわけよ」

十手持ちは腕を振るしぐさをした。

「ずいぶん逃げ足の速いやつだったそうで」

地獄耳の安が言った。

「あるじのおかげで首尾よく捕まえられた。礼を言うぜ」

廻り方同心が白い歯を見せた。

「ありがたく存じます」

天麩羅の支度をしながら、幸太郎が頭を下げた。

「とにかく、何事もなくて幸いで」

おきくが言った。

「空き巣を繰り返してたやつは遠島になるみてえだから、安心しな」

奥鹿野同心が言った。

「意趣返しには来ねえからよ」

十手持ちも言う。

「それを聞いて安心しました」

おきくは帯に手をやった。

穴子の一本揚げができた。ほどよく切り、筏のかたちに積む。もはやきくや屋の名物料理と言っても過言ではないひと品だ。

今日は抹茶塩ではなく、天つゆで供した。大根おろしとおろし生姜も添える。

「うめえな」

まず食した奥鹿野同心が言った。

「さくっと揚がってまさ」

十手持ちも満足げに言う。

「おいらにゃもったいねえくらいで」

地獄耳の安が言った。

「なら、おめえの分まで食うぜ」

独楽廻しの辰が箸を伸ばしかけた。

「いや、そりゃ食いますよ」

手下《てか》があわてて言った。

「穴子はよく食うが、よそじゃなかなかこんなにうまくは揚がらねえ。筏のかたちに積んであったら、一本揚げじゃねえけどよ」

舌の肥えた同心がそう言って、また天麩羅を口中に投じた。

「では、名前を変えたほうがいいでしょうか」

おきくがたずねた。

「そうだな。どんな名にする？」

天麩羅を胃の腑に落としてから、同心が問い返した。

「うーん……一本揚げじゃなくて、筏揚げでいかがでしょう」

おきくはしばし考えてから答えた。

「おう、いいじゃねえか」

同心はすぐさま答えた。

「二階からなら、たまに筏が見えるんで」

十手持ちも言う。

「こりゃ新たな名物ですな」

下っ引きが軽く両手を打ち合わせた。

「筏より舟のほうが多かろうが、まあそこはそれだ」

奥鹿野同心は酒を呑み干してから続けた。

「せっかく大川が見えるんだからよ、それにちなんだ料理をどんどんこしらえたほうがいいぜ。筏揚げはその皮切りだ」

同心はそう言うと、残った天麩羅に箸を伸ばした。

「承知しました。思案してみます」

幸太郎が厨から言った。

「おかみも知恵を出してやんな」

同心が笑みを浮かべる。

「はいっ」

おきくの声が弾んだ。

第八章　まぼろしの鯛

一

いくらか経った雲の多い日、一人の男が少し迷いながらきく屋ののれんをくぐってきた。

「いらっしゃいまし」

おきくが声をかけた。

一枚板の席には、乗加反可と影野元丈がいた。江戸の名所巡りの書物を出す相談をしながら、さきほどから一献傾けている。

入ってきた男は、まだ三十前とおぼしかった。わりかた上背はあるが痩せており、色も白いほうだ。精悍にはほど遠い面構えだった。

「あの……」

客はそう口を開いたなり、黙りこんだ。

「何でございましょう」

おきくがたずねる。

「こちらは、かわら版の……」

そこでまた言葉が途切れた。

「おもいで料理でございますか？」

おきくはそれと察して訊いた。

線の細い男がうなずいた。

「あのかわら版の文面は、やつがれが思案しましてね」

乗加反可がここぞとばかりに言った。

「表の置き看板も、乗加反可先生のご発案なんです」

おきくが言葉を添えた。

「どういうおもいで料理をご所望でしょうか」

幸太郎が出てきて問うた。

「ええ……」

頼み人はまた言いよどんだ。

「ともかくおかけくださいまし」

おきくが一枚板の席を手で示した。

客はまた少し迷ってから端のほうに腰を下ろした。

「酒と肴もあらかたなくなったことだし、そろそろ」

元丈が乗加反可に言った。

「そうですな。相談事も終わったので」

戯作者が残った干物を胃の腑に落とした。

ほかに人の耳があると、頼み人が話しづらい。

そんな気配を察したのだ。

ほどなく、先客の二人が腰を上げた。

「毎度ありがたく存じました」

おきくが頭を下げた。

「また来ますよ」

「おもいで料理も盛況で」

乗加反可と影野元丈が笑みを浮かべた。

こうして、二人の先客が去り、一枚板の席に頼み人が残った。

二

頼み人は、神田連雀町《れんじゃくちょう》の味噌問屋、伊勢屋《いせや》の跡取り息子の治助《じすけ》だった。味噌ばかりでなく、味噌漬けなどの漬物も評判の名店だ。

「では、おもいで料理の仔細をうかがいますので」

酒とお通しが出たところで、おきくが切り出した。

しかし……。

頼み人の表情はいっこうに晴れなかった。

まだ何かを逡巡している様子だ。

「先に、料理をつくっていただくわけにはまいりませんでしょうか」

伊勢屋治助はそう言った。

「いえ、でも……」

おきくは当惑した顔つきになった。

「どういうおもいで料理か、仔細をうかがわなければ、こちらとしてはつくりようがございませんので」

幸太郎が言った。

「つくっていただきたいものは、決まっているのです」

頼み人はそう言うと、おきくの酌をやんわりと断り、手酌の酒を呑み干した。

「どういった料理でしょう」

幸太郎が問うた。

間があった。

治助は続けざまに瞬きをすると、意を決したように顔を上げた。

「焼き鯛、を」

のどの奥から絞り出すように、頼み人が言った。

「焼き鯛、でございますね」

おきくが復唱する。

「祝言の宴で出るような、白木の三方に載った焼き鯛を、二尾お願いしたいのです」

頼み人はそう説明した。

「承知しました。祝言の宴の焼き鯛なら、これまでにいくたびもつくらせていただきましたのでお出しできますが……」

幸太郎は少し間を置いてから続けた。

「どうしてそれがおもいで料理になるのか、わけをお聞かせ願えないでしょうか」

きく屋のあるじは表情をやわらげて問うた。

治助は一つうなずくと、また一杯、手酌の酒を呑み干した。

「それをお話しするのは……おもいで料理の当日というわけにはまいりませんでしょうか。今日はまだ、胸がいっぱいで」

頼み人は胸に手をやった。

おきくは、ああ、と思った。

頼み人がどんな荷を背負っているのか、その心の重さがにわかに伝わってきたような気がしたのだ。

幸太郎がおきくのほうを見た。

どうしようか迷っている顔つきだ。

おきくはうなずいた。

ご所望のとおりにしましょう、とまなざしで伝えた。

「承知しました」

今度は幸太郎がうなずいた。

頼み人が、ほっと一つ息をついた。

「ありがたく存じます」

治助はていねいに頭を下げた。

「日取りのご都合などはございますか」

穏やかな声音で、おきくがたずねた。

「はい」

治助はすぐさま答えた。

「ぜひお願いしたい日がございます」

味噌問屋の跡取り息子はしっかりした口調で言った。

ほどなく、段取りが決まった。

「今日は胃の腑に何も入りそうにありません。相済みませんが、おもいで料理の当日に」

治助が言った。

「焼き鯛を召し上がっていただきますので」

おきくが笑みを浮かべた。

「よろしゅうお願いいたします」

いささか奇妙な頼み人がていねいに頭を下げた。

三

「明日は三人目のおもいで料理だな」

大川端を歩きながら、幸太郎が言った。

湯屋の帰りだ。

「そうねえ」

おきくが答えた。

ただし、その声はあまり弾んでいなかった。

「二人分の焼き鯛か……」

何がなしに浮かぬ顔で、幸太郎が言った。

「紅白のきれいな水引をかけましょう」

と、おきく。

「そうだな。祝言の料理だから」

幸太郎がうなずいた。

向こうから褌《ふんどし》姿の男たちがいくたりか駆けてきた。きく屋の二人は脇のほうへよけた。

さほどの石高ではないが、大川端には大名の上屋敷がいくつかある。おそらくそこの武家たちが身の鍛えの一環として駆けているのだろう。きく屋の前を通ることもあるから、目になじみのある光景だ。

「気張ってるわね」

武家たちの背を見送ってから、おきくが言った。

「人もいろいろだ」

幸太郎がぽつりと言った。

明日の頼み人のことを思い浮かべたのかもしれない。おきくはそう思った。

「明日はお話を聞くのも大事なつとめかも」

ちらりと川面を見てから、おきくは言った。

「ああ、頼む」

幸太郎はすぐさま答えた。

「鯛を焼くのはべつに難しくはない。いままでしゃべれなかった話を聞いてさしあげるほうがつとめだろう」

きく屋のあるじの表情が引き締まった。

「しっかり聞かないと」

おきくは耳に手をやった。

「そうだな」

幸太郎は笑みを浮かべた。

四

望洋の間に衝立が据えられた。

伊勢屋の治助のおもいで料理のほかに、寄合や宴などの約は入っていない。しかし、大広間の貸し切りだと広すぎて落ち着かないだろう。そういう配慮から、衝立が据えられたのだった。竹林の七賢が描かれた品のいい衝立だ。

おもいで料理の頼み人は、紋付き袴の正装で現れた。まるでこれから祝言に臨むかのようだ。

「ようこそいらっしゃいました」

おきくが席を手で示した。

すでに朱塗りの酒器の支度はできている。

「世話になります」

味噌問屋の跡取り息子がていねいに頭を下げた。

「焼き鯛はいまお持ちいたしますので」

おきくも一礼した。

鯛が来た。

尾の張った見事な鯛に紅白の水引が美しく掛けられている。白木の三方に載せた鯛を幸太郎とおきくがしずしずと運び、頼み人の前に置いた。

祝言の宴に欠かせぬ鯛が二尾並んだ。

しかし……。

その前に座っているのは治助だけだった。

花嫁はいない。

目がさめるような白無垢をまとい、綿帽子をかぶっているはずの花嫁がいない。

おきくは早くも胸が詰まった。

「では、固めの盃を」

幸太郎が酒器に手を伸ばした。

「その前に……」

頼み人が右手を挙げた。

ふところからあるものを取り出し、花嫁の席に置く。

見たところ、御守りのようだった。

「それは？」

おきくが控えめにたずねた。

「おさよが縫ってくれた御守りです。ずっと肌身離さず持っております。これがおさよだと思って」

治助はところどころ糸がほつれている御守りを指さした。

おきくはうなずいた。

話を聞く前から、もう胸が一杯だった。頼み人の前に泣いてはいけない。おきくはこみあげてくるものを懸命にこらえた。

「では、改めまして」

幸太郎が治助の盃に酒をついだ。

そのたたずまいをしみじみと見ていた頼み人は、やがて何かを思い切るように一気に呑み干した。

ふっ、と息をつく。

「おさよの分は、わたしが」

治助が手を伸ばした。

「どうぞ」

幸太郎が酒器を渡した。

頼み人は、花嫁の盃に酒をついだ。

「呑め」

と、治助は言った。

おきくは目頭に指をやった。

こらえきれなくなった水ならざるものが、目尻からほおへと伝っていく。

間があった。

大川のほうから船頭の声が響いてくる。ただし、あまりにも遠くて言葉までは聞き取れなかった。

「では、おもいで料理の仔細をうかがいましょう」

おきくをちらりと見てから、幸太郎が言った。

「承知しました」

頼み人はしっかりした口調で答えた。

そして、おもむろに仔細を語りはじめた。

五

わたしとおさよは幼なじみでした。

おさよは近くの乾物問屋の娘で、小さいころからよく一緒に遊んでいました。

味噌屋の治助ちゃんと、乾物屋のおさよちゃんは、大きくなったら一緒になる。

みなからそう言われていました。

わたしもおさよも、わりかた早いうちからそう思っていました。いいなずけみたいなもので、いずれ時が来ればおさよを娶るつもりでいました。

どうせなら早いほうがいい。

周りからそう言われたもので、五年前に身を固めることにしました。

わたしは十六、二つ下のおさよは十四でした。

おもいで料理の頼み人はそこで言葉を切った。

おきくは瞬きをした。

大川のほうを見る。

水の色がいつもより哀しげに見えた。

次の酒をつぐ。

ゆっくりと呑み干すと、伊勢屋の治助はまた語りだした。

媒役も、宴の場も決まりました。

だれを祝言の宴に呼ぶか、そこまで段取りが進んできました。

そんなおり……。

おさよが急な病で床に伏してしまったのです。

ちょうど江戸で広まっていたはやり病でした。

おさよが高い熱を出したと聞いて、わたしは看病を申し出ました。

でも、治助さんにうつしたら困るからと言って、おさよは会ってくれませんでした。

そして……。

また言葉が途切れた。

幸太郎がおきくの顔を見た。

きく屋のあるじは目にいっぱいの涙をためていた。

「亡くなって、しまったんですね。おさよさんは」

おきくはかすれた声で問うた。

「……はい」

のどの奥から絞り出すように、治助は短く答えた。

「知らせを聞いたときのことを、いまだに憶えています。まるで……」

三人目の頼み人はしばらく言葉を探してから続けた。

「渡ろうとしていた橋が目の前で落ちてしまったかのようでした。それからしばらくどうしていたか、いまだに思い出せません」

治助はこめかみに指をやった。

「橋が……」

おきくはうなずいた。

「それから、五年経ったわけですね」

幸太郎が言った。

「そうです。で、先だって、こちらさまのおもいで料理のことが書かれたかわら版を読ませていただき、ふと思い立ったのです。五年遅れの祝言の宴を、おもいで料理というかたちでやらせていただくわけにはいかないかと」

祝言の目前に花嫁を亡くした若者が言った。

今度は幸太郎がうなずいた。

「親をはじめとして、周りからは、五年も経ったことだし、もうそろそろ忘れてはどうかとそれとなく言われたりします。なかには新たな縁談を持ちこみかねない親族もいます。さすがにそこまでは心が動きませんが、とにかく何か区切りをつけて、前を向いて歩んでいくことが肝要かと思うようになりました」

おさよの件を明かした治助は、だいぶ能弁になってきた。

おきくがまた酒をつぐ。

「鯛も召し上がってくださいまし」

幸太郎が身ぶりをまじえた。

「さようですね。一尾はあとで包んでいただけないでしょうか。今日は友の祝言に立会人の格で出るという話をつくってまいりましたので」

治助は少し表情をやわらげ、紋付き袴を手で示した。

「承知いたしました。包ませていただきます」

おきくが頭を下げた。

「では、せっかくなので」

治助が鯛に箸を伸ばした。

きく屋の夫婦が見守る。

治助はていねいに鯛の身をほぐすと、箸でつまんでゆっくりと口中に投じた。

「……おいしい」

おもいで料理の頼み人は、感慨深げに言った。

盃を干し、さらに箸を動かす。

「焼き加減がちょうどいいです」

伊勢屋の跡取り息子は初めて笑みを浮かべた。

「ありがたく存じます」

幸太郎が頭を下げた。

「もう一杯、いかがですか」

おきくが水を向けた。

「ええ。では」

治助は盃を差し出してから続けた。

「もう一つ、お話ししようかどうか迷っていたことがあるのですが……」

おきくが酒をついだ。

「どういうお話でしょう」

穏やかな声音で問う。

治助は酒を少し呑み、盃を置いた。

それから、息を一つ入れてから続けた。

「おもいで料理のかわら版を読んだ晩、夢におさよが現れたんです」

頼み人はそう明かした。

六

いまでもよく憶えています。

達者だったころのおさよがわたしの夢に現れ、こう言ったんです。

「いつまでもわたしのことを思って、泣いて暮らさないでください。治助さんが悲しい顔をしていると、わたしまで悲しくなってしまいます」

おさよはそう言うんです。

わたしはおもいで料理の話をしました。

おもいでになるはずだった祝言の宴の料理。ことに、焼き物の鯛。それをつくってもらえば、ひと区切りついて、前を向いて歩いていけるかもしれない。

夢の中でわたしがそう言うと、おさよは笑ってうなずいてくれました。

いままでにいくたびも見た、あの笑顔でした。


「それで、頼みに来てくださったわけですね」

おきくが言った。

「さようです。本来なら、初めから仔細を明かして、おもいで料理をお頼みしなければならないところでしょうが、どうしても初めからは話せなかったもので」

治助はそう言うと、盃に残っていた酒を思い出したように呑み干した。

「お気持ちは分かります」

おきくは言った。

わが身も二人の子を亡くしている。つらい話を人にするためには、しかるべき場が必要だ。

その場が、いま、ここだった。

「おかげで、背負っていた荷がだいぶ軽くなったような気がします」

治助はそう言うと、さらに鯛の身を口に運んだ。

「こういうおもいで料理もあるんですね。学びになります」

幸太郎が言った。

「頼み人さんの数だけ、おもいで料理があるわけだから」

と、おきく。

「そうだね」

幸太郎は感慨深げにうなずいた。

「いくらか酔ってきたせいか……」

治助は箸がついていないほうの鯛をちらりと見てから続けた。

「いつのまにかおさよが来て、そこに座っているような気がしてなりません」

頼み人は続けざまに瞬きをした。

「いらしてますよ」

おきくは表情をやわらげた。

治助の盃にまた酒をつぐ。

「きっとそこにおられます」

幸太郎が手つかずの鯛を示した。

頼み人は二度、三度と小さくうなずいた。

そして、盃の酒を一気に呑み干した。

七

「本日はありがたく存じました」

おきくがそう言って風呂敷包みを渡した。

「こちらこそ、ありがたく存じます。……ずっしりと重いですね」

治助が笑顔で包みをかざした。

中身は花嫁の焼き鯛の折詰だ。

「どうぞご家族で召し上がってくださいまし」

幸太郎が笑みを浮かべた。

「きっと喜びましょう。では、これにて」

味噌問屋の跡取り息子が一礼した。

「ありがたく存じました。お気をつけて」

おきくが礼を返した。

「またお越しくださいまし」

幸太郎が白い歯を見せた。

「はい、またおいしいものをいただきにまいります」

薄紙が一枚剝がれたような表情で、伊勢屋の治助が言った。


きく屋を出た治助は、大川端をゆっくりと歩いた。

ああ、そうだった、と思い出す。

両国橋の西詰でおさよと芝居を観て、団子を食べてから、一緒に大川端を歩いた。

土手を少し下り、草の上に腰を下ろして、大川の景色をながめたこともある。

「まだ日が高いな。ちょっと寄り道していくか」

おさよが横にいるかのように、治助は言った。

足もとを慎重にたしかめながら土手を下りる。

「このへんにしよう」
治助はそう言って腰を下ろした。
望洋の間よりも、大川が近く見えた。
川面を舟がゆるゆると進んでいる。浄土に通じるかのような水が光っている。
「きれいね」
と、おさよが言った。
かつてこの土手に並んで座り、大川の景色をながめた。
あのときのおさよの声が、ついそこで響いたような気がした。
治助は瞬きをした。
いままで鮮明に見えていた景色がにわかにぼやけた。
それとともに、あらぬ光景が浮かんだ。
大川のそここで鯛が跳ねている。
川面はもうまぼろしの鯛でいっぱいだ。
悦びの赤い色の鯛で満ちている。

きれいね……

どこか遠いところで、おさよの声が響いた。
おさよも見ている。
まぼろしの鯛を見ている。
治助は目もとを指で拭った。
やっと景色が旧に復した。
ふっ、と一つ息をつく。
「そろそろ、帰るか」
治助はどこへともなく言った。
風呂敷包みをしっかりと握り、土手を上りだす。
朝方に雨が降ったらしく、まだいくらかぬかるんでいるところがあった。
一歩ずつ、土手を上る。
そうだ、一歩ずつだ。
この先の人生も、一歩ずつ歩んでいけば、きっといいこともあるだろう。
治助は提げていた包みを左手に持ち替えた。
大川端に風が吹く。

ふと気配を感じた。

「ここはすべるぞ。手を引いてあげよう」

治助はそう言うと、草むらへそっと右手を差し出した。

第九章　餡巻きの日

一

「お頼み申します」

まだのれんを出していないきく屋に、どこぞの丁稚とおぼしいいでたちの者が飛びこんできた。

「何でございましょう」

おきくが訊いた。

「あの、あの、て、手前は馬喰町の上総屋の丁稚です」

まだおぼこい顔だちの丁稚が、やや上気した顔で言った。

「ああ、上総屋さんの」

おきくは笑みを浮かべた。

馬喰町の糸物問屋、上総屋の隠居の仁左衛門は講の一員で、先日は歌仙にも少しだけ加わっていた。

「きょ、今日なんですが、餡巻きをお願いしたいと」

丁稚はそう告げた。

「ご隠居さんが餡巻きを召し上がるんですか」

おきくがいぶかしげに問うた。

「い、いえ、旦那さまと、大旦那さまと、お孫さんが二人」

丁稚は指を折りながら答えた。

「ああ、わらべ向きの餡巻きだね」

幸太郎が出てきて言った。

「は、はい、そのとおりです」

ほおが赤い丁稚が言った。

「餡を炊かないと餡巻きはつくれないけど、いつごろお見えで？」

幸太郎はたずねた。

「おおよそ、八つごろ（午後二時）ということで」

やっと落ち着いた様子で、丁稚が言った。

「それなら、これから仕込みをすれば間に合うから」

幸太郎が白い歯を見せた。

「お見えになるのは四人《よったり》ですね？」

おきくが指を四本立てた。

「はい、お願いします」

丁稚が頭を下げた。

「承知しました。お待ちしております」

おきくが笑顔で言った。

二

幸太郎はさっそく支度に取りかかった。

常備している小豆をまず大きな鍋で煮てゆでこぼす。渋切りという作業だ。これで小豆の渋みを取り除くことができる。

いったん小豆を取り出し、鍋を洗う。ひと手間かかるが、餡が渋くならないようにするためには欠かせない。

水加減に注意して、再び煮る。ていねいにあくを取ってやるのが骨法だ。あくはつねに出るので、鍋からなるたけ離れないようにする。

四半刻《しはんとき》(約三十分)ほどゆでると、煮汁が減ってとろみが出てくる。小豆がやわらかくなっていることをたしかめたら、砂糖を加える。小豆に甘味を含ませるために、二度に分けて砂糖を加えるのが勘どころだ。

豆をつぶさないように気をつけながら竹べらでまぜ、少しずつ水気を飛ばしていく。

冷めたらいくらか固くなるため、やわらかめの加減で火から下ろし、仕上げに塩を加えれば出来上がりだ。

「舌だめしをしてくれ、きく」

幸太郎が言った。

「あいよ」

おきくが動いた。

小皿に餡を少し取り、口中に投じる。

「これなら喜んでくださるでしょう」

舌だめしを終えたおきくは笑みを浮かべた。

「多めにつくってあるから、余ったら二人でどうだ」

幸太郎は水を向けた。

松太郎とおはなの好物だった餡巻きをつくり、食べてみようとしたことがあった。

さりながら、あのときは胸が詰まって、少し食べただけで残してしまった。

「そうね……」

おきくは思案してから答えた。

「いまなら、食べられるかも」

笑みが浮かんだ。

「よし。なら、陰膳もつくってやろう」

幸太郎が言った。

「余らないかもしれないけれど」

と、おきく。

「そのときは、またの機だ」

幸太郎が笑みを浮かべた。

ほかの料理の下ごしらえも進んだ。

せっかく餡を炊いたのだから、蛸の小倉煮も出すことにした。餡を使った料理には小倉の名がつく。上総屋の隠居と跡取りの当主には喜ばれるだろう。

「あとは天麩羅だな。もういつお見えになってもいいぞ」

幸太郎が気の入った表情で言った。

それからほどなく、駕籠が着いた。

上総屋の面々がきく屋に到着したのだ。

三

餡巻きは平たい鍋に油を引いて熱してつくる。

まず白玉粉を半量の水で溶く。

それから、小麦粉と砂糖と残りの水を加え、大きめの茶筅《ちゃせん》でていねいに溶かしていく。

平たい鍋に油を引いたら生地を流す。固まってきたら裏返し、さっと焼いて皿に取る。

これに餡を乗せ、くるくると巻く。使い勝手がいいように、幸太郎が自ら金物屋に頼んだ道具を用いれば、きれいな仕上がりの餡巻きになる。

「お待たせいたしました」

おきくができたての餡巻きと冷たい麦湯を運んでいった。

いつもの望洋の間だ。

「わあい」

「餡巻き、餡巻き」

二人のわらべがはしゃいだ。

どちらも男の子だ。

「お気に召したら、お代わりもできますので」

おきくが笑顔で言った。

「熱いから、ゆっくり食べるんだぞ」

上総屋の当主の伊右衛門《いえもん》が言った。

「ふうふうしてから食べなさい」

隠居の仁左衛門が温顔で言う。

「うん」

「ふうふう」

わらべがさっそく息を吹きかける。

下に女の子もいるが、まだ小さいため、今日は母とともに留守番だ。

ここで幸太郎が大人向けの料理を運んできた。

蛸の小倉煮だ。

むろん、酒もある。

「あとで天麩羅もお持ちしますので」

幸太郎が一礼した。

「天麩羅は何だい？」

隠居が問う。

「まずは鱚天で。甘藷《かんしょ》もお出しします」

幸太郎はすぐさま答えた。

「いいねえ」

仁左衛門が笑みを浮かべた。

「おいしいっ」

上の子が声をあげた。

「甘いっ」

下の子も和す。

「なら、冷めないうちにわたしも」

隠居が餡巻きに手を伸ばした。

「餡巻きから食べるんですか、お父さん」

上総屋の当主が言った。

「蛸の小倉煮は冷めて味がなじんでからがいいんだよ」

素人噺家の顔も持つ仁左衛門が味のある笑みを浮かべた。

ほどなく、二人の子が餡巻きを食べ終えた。

「お代わりはいかがでしょう」

様子を見にきたおきくがたずねた。

「もらうかい?」

上総屋が問う。

「うーん、ちっちゃいやつなら」

上の子が答えた。

「おまえはどうだ」

下の子に訊く。

まだ小さいわらべは、しばし考えてから首を横に振った。

「ご隠居さんがたのご所望はございませんね」

おきくは念のためにたずねた。

「餡巻きかい？」

「ええ」

「そりゃ、こちらと天麩羅のほうがいいね」

仁左衛門は笑って小倉煮に箸を伸ばした。

四

「そうかい。なら、餡は余りそうだな」

おきくから知らせを聞いた幸太郎が言った。

「陰膳まで充分にできるかと」

おきくが言う。

「大きいのをつくってやろう」

幸太郎はそう言うと、鱚天の油をしゃっと切った。

ややあって、天麩羅の支度が調った。

きく屋の二人は手分けして運んだ。

「鱚天と甘藷天でございます」

幸太郎が大皿を置いた。

「天つゆでどうぞ」

おきくが一つずつ器を据えていく。

「甘藷の天麩羅は甘いからな」

上総屋伊右衛門が子供たちに言った。

「餡巻きより甘い？」

下の子が無邪気に問うた。

「はは、餡巻きより甘かったらびっくりだ」

隠居がそう言ったから、望洋の間に和気が漂った。

「では、ごゆっくり」

「御酒と麦湯のお代わりはすぐお持ちいたしますので」

きく屋の二人はそう言って下がっていった。

ややあって、一枚板の席に蔦屋の隠居の半兵衛が陣取った。

次の講が近いから、今日はそのあたりの相談だ。

「上総屋さんは休みだと思ったら、ここへ餡巻きを食べにきたのかい」

同じ馬喰町で、目と鼻の先にある木綿問屋の隠居が言った。

「ええ。喜んで召し上がっていただきました」

おきくが笑みを浮かべた。

「餡が余りそうなので、うちの子たちの陰膳もつくってやろうかと」

幸太郎が言った。

「そりゃ、向こうで喜ぶよ」

半兵衛がしみじみと言った。

「ええ」

おきくは小さくうなずいた。

五

「そうかい。これから、からくり人形の見物かい」

半兵衛が笑顔で言った。

きく屋の前だ。

「うん」

「楽しみ」

二人のわらべが答えた。

「なら、両国橋の西詰まで気張って歩け」

上総屋の伊右衛門が言った。

からくり人形の小屋は、繁華な両国橋の西詰に出ているらしい。

「うん、歩くよ」

兄が答えた。

「餡巻き、おいしかった」

弟はまだその話だ。

「また食べに来てね」

おきくが笑顔で言った。

「うんっ」

弟が元気よく答えた。

「次は講でお世話になります」

隠居の仁左衛門が笑みを浮かべた。

「またゆっくり呑みましょうや」

蔦屋の半兵衛が言った。

「望むところで」

仁左衛門が軽く右手を挙げた。

「では、このあたりで失礼します」

伊右衛門が歩きだした。

「ありがたく存じました」

「どうかお気をつけて」

きく屋の二人が見送る。

もうほかに客はいない。見送りを終えたらのれんをしまう頃合いだ。

二人のわらべは機嫌よく話をしながら歩いていく。

わが子を続けざまに亡くしてから、しばらくは楽しそうなわらべの姿を見るのがつらかった。

そういうことを考えてはいけないけれど、どうしてうちの子だけ……と思ってしまった。

でも、いまは違う。


みんな元気で。

この先も、ずっと笑顔で、達者でいて。


心からそう思えるようになった。

だいぶ進んだところで、上総屋の二人のわらべが振り向いた。

おきくと幸太郎がまだ見送っていることに気づいて手を振る。

「さようなら。気をつけて」

おきくも手を振り返した。


さようなら……

また来るよ……


声が響いてきた。

顔はもう見えない。

あの子たちが戻ってきて、そこにいるような気がした。

六

平たい鍋がまた熱せられた。

すでにのれんはしまわれている。ここからはおきくと幸太郎だけの時だ。

「松太郎はここね」

おきくは一枚板の席に箸を置いた。

「おはなと並んで食べろ」

餡巻きの支度をしながら、幸太郎が言った。

「わたしは座って見てていい？」

おきくは問うた。

「ああ、いいよ」

幸太郎は答えた。

おきくは一枚板の席に腰を下ろした。

箸が並んでいる隣をちらりと見る。

だれもいない席に、また胸が詰まりかけた。

「まずはわらべの分だ」

幸太郎はそう言って、油を引いた。

生地を伸ばしていく。

そのさまを、おきくは黙って見守っていた。

やがて、餡がくるくると巻かれた。

「よし、出来上がりだ」

幸太郎は一つ目の餡巻きを皿に盛った。

「熱いから、気をつけて食え」

そう言って、松太郎の席に焼きたてを置く。

「次はおはなちゃんね」

おきくが言った。

「待ってろ。いまつくるから」

幸太郎の手がまた動いた。

今度は小ぶりの餡巻きができた。

「はい、焼きたてだ」

おはなの席に皿が置かれる。

「ふうふうしてから食べてね」

おきくが声をかける。

本当にいるような気がした。

焼きあがったばかりの餡巻きのかたちが、少しぼやけて見えた。

「ちょうどあと二人分あるな」

幸太郎が生地の残りをたしかめた。

「餡もある?」

目元をさりげなくぬぐってから、おきくが訊いた。

「ああ、あるよ」

幸太郎は答えると、また手を動かしだした。

ややあって、餡巻きができあがった。

「お待ちどおさまです」

幸太郎はややおどけたしぐさで、おきくに皿を差し出した。

「ありがたく存じます」

よそいきの口調で答えて、おきくは餡巻きを受け取った。

「おれは立って食おう」

幸太郎は焼きたての餡巻きを指でつまんだ。

息を吹きかけてから食す。

「うん、ちょうどいい」

幸太郎は笑みを浮かべた。

おきくも餡巻きに手を伸ばした。

あたたかさが伝わる。

陰膳のほうをちらりと見る。

「おかあもいただくね」

おきくはそう言うと、餡巻きを口中に投じた。

餡の甘みが、少し遅れて伝わってきた。

前に試したときは、この甘さがかえってたまらなくなった。それ以上、もうひと口も食べることができなくなった。

しかし……。

このたびは違った。

胸に迫るものはあったが、食べ進めることができた。

「うまいな」

幸太郎が言った。

「ええ、おいしい」

おきくが答えた。

餡の甘さが心にしみた。

間があった。

猫のなき声が聞こえてきた。

大川端では、しばしば猫の姿を見かける。

「ないてるな」

幸太郎はそう言うと、残りの餡巻きを胃の腑に落とした。

「ええ」

おきくはゆっくりと食した。

かつては二人の子とともに食べた餡巻きを、味わいながら少しずつ食していった。

茶が出た。

先に食べ終えた幸太郎が出してくれた。

「いただくわ」
おきくは湯呑みに手を伸ばした。
また陰膳のほうを見る。
おいしい……
甘い……
いまは亡き子供たちの声が響いたような気がした。
おきくは軽く首を振った。
茶を少し啜る。
おきくは残りの餡巻きをしみじみと見た。
そして、口中へ投じていった。

七

その晩、おきくは夢を見た。

いつのまにか、きく屋は茶見世に変わっていた。

おもいで料理の置き看板の字も違っている。

おいしい　あんまき

そう記されていた。

客が来た。

二人のわらべだ。

「いらっしゃい」

おきくは出迎えた。

のれんをくぐってきたのは、松太郎とおはなだった。

「おかあ、餡巻き」

松太郎が言った。

「わたしも」

おはなも手を挙げる。

「餡巻きね。いまつくってもらうから。お茶でいい？」

おきくは笑顔で問うた。

「うん」

「いいよ」

二人の子が答えた。

厨から幸太郎が出てきた。

「また来たのか」

少しあきれたように言う。

「うん、おいしいから」

「今日も食べるの」

二人の子が言った。

松太郎もおはなも元気いっぱいだ。

「よし、つくってやろう」

幸太郎が支度を始めた。

「わあい」

「楽しみ」

子供たちの顔が輝いた。

ずっとこのままで。
一日一日を大切に過ごせれば。
おきくは強くそう思った。
そのとき、遠くで猫がないた。
夢の潮が干いていく。
餡巻きができあがるまでに、景色があいまいになった。
そこにいたはずの松太郎とおはなの姿は、もう見えなくなった。

終章　二つの影

一

きく屋の望洋の間に思いがけないものが飾られた。

衝立だ。

「ありがたく存じます」

おきくがていねいに頭を下げた。

「先生にどうかよろしくお伝えくださいまし」

幸太郎も続く。

「家宝にしますので」

おきくが笑みを浮かべた。

「伝えておきます」

そう答えたのは、谷文晁の弟子だった。

先だっての絵の展示即売会が盛況だった御礼として、南画の大家が衝立を贈ってくれた。谷文晁直筆の貴重なものだ。

「またいずれお世話になります」

一緒に運んできた弟子が白い歯を見せた。

「こちらこそ、よろしゅうに」

「ありがたく存じました」

きく屋の二人は深々と一礼した。

谷文晁の弟子を見送ったおきくと幸太郎は、改めて望洋の間で衝立を見た。

描かれているのは大川の景色だ。

ちょうど見えている実景と二重映しになる。

「なかなか風流だな」

幸太郎が満足げに言った。

「ええ。さすがは文晁先生の絵で」

おきくは瞬きをした。

「そうだな。水の流れまで見えるかのようだ」

幸太郎が目を細くする。

「その向こうに浄土があるみたい」

と、おきく。

「絵に奥行きがあるからな」

幸太郎がうなずいた。

「お客さまがたにも喜んでいただけるかと」

おきくが笑みを浮かべた。

「ありがたいことだ」

衝立に向かって、幸太郎は両手を合わせた。

二

ごくたまにだが、おもいで料理の注文が入るようになった。

その日は谷文晁の衝立が初めて使われることになった。ほかに寄合もあるため、衝立が要り用だった。

おもいで料理の頼み人は、上方から出てきてあきんどとして成功を収めた男だった。人づてにおもいで料理の話を聞き、幼いころに食べたあたたかい素うどんを食べたいと所望したのだ。

「お待たせいたしました」

おきくが盆を運んできた。

「おお、来たな」

頼み人が顔をほころばせた。

「旦那様のお言葉どおり、具は刻み葱だけにしていただきました」

番頭が言った。

きく屋に来て段取りを調えたのはこの男だ。

「そうそう、これや」

上方生まれの男がうなずいた。

「だしは昆布に薄削りの鰹節を使いました。お客様のおもいでの味だとよろしいのですが」

やや硬い顔つきで幸太郎が言った。

「なら、さっそく」

頼み人が箸を取った。

いくらか離れたところで、おきくがじっと見守る。

まずだしを啜る。

「ああ、うまい」

頼み人は満足げに言った。

さらに箸を動かす。

「この味や……おっかあがつくってくれた味や」

あきんどは感慨深げに言った。

「おもいでの味でございましたか」

幸太郎が控えめに問うた。

頼み人はうなずいた。

箸が動く。

おもいでの素うどんが胃の腑へ落ちていく。

「これや……」

あきんどは感慨をこめて言った。

「おっかあの味や」

頼み人の目尻から涙がこぼれる。

それを見て、おきくも目尻に指をやった。

料理にはこんな力がある。

おもいで料理を味わって、涙を流してくださる。

この先も続けていかなければ。

おきくは強くそう思った。

三

「おもいで料理、喜んでいただいてよかったな」

幸太郎が言った。

すでに布団に入っている。

「違う、と言われると思った？」

おきくが問うた。

「うますぎる、と言われるのを案じていたんだが」

幸太郎は答えた。

「ああ、ほんとにおいしいおだしだったから」

と、おきく。

「昆布を水に充分に浸けておいて、だしを引く。こうすれば、えぐみのないすっきりしただしになる」

幸太郎が言った。

「ええ」

おきくがうなずく。

「これに鰹節を入れて火から下ろす。煮込んでしまうと香りが飛んでしまうから」

料理人が言った。

「ちょっとの違いで味が変わるわけね」

おきくは答えた。

「そうだな。あとはていねいにこしてやれば、すきとおったうまいだしになる」

幸太郎は言った。

「とにかく……」

おきくはあくびをこらえた。

「喜んでくださってよかった」

おきくは眠そうな声で言った。

「そうだな……寝るか」

幸太郎が言った。

「ええ」

おきくは短く答えた。

遠くで猫がないている。

その声を聞きながら、おきくはほどなく眠りに落ちた。


夢の中で、おきくは大川端の土手を歩いていた。

大川の景色は谷文晁の衝立にそっくりだった。

目になじみのある景色をながめながら、おきくはゆっくりと歩いた。

そのうち、前方から小さな影が現れた。

猫だ。

二匹いる。

前からよくないていたのは、この子たちかしら。
おきくはそう思いながら近づいた。
すると……。
思いがけないことが起きた。
猫が人の言葉をしゃべったのだ。
「おかあ」
と、一匹目の猫が言った。
聞き憶えのある声だった。
松太郎だ。
「おかあ」
もう一匹の猫も声を発した。
おはなだ。
「松太郎！　おはな！」
夢の中のおきくは猫たちに駆け寄った。
もうすぐ手が届く。
あたたかい体に触れることができる。

その寸前で、ふっと夢の潮が干いた。

四

翌日は講だった。

蔦屋半兵衛、升屋喜三郎、上総屋仁左衛門、武蔵屋佐吉など、おなじみの面々が望洋の間に集まった。

暑気払いの料理ということで、小ぶりの盥うどんが供された。

冷たい井戸水できゅっと締めて、薬味を添えて食す。

おもいで料理は上方の澄んだつゆだったが、今日は醬油と味醂を使った濃いつゆだ。

うどんは少し細めにした。このほうがのど越しがいい。

鮎の塩焼きに穴子寿司。ほかの料理と酒も出た。

「暑気払いにはこれがいちばんだね」

うどんを啜った蔦屋の半兵衛が笑みを浮かべた。

「素麺はいささか飽きたので」

升屋の喜三郎が和す。

「昨日、おもいで料理で上方のうどんをおつくりしたので、今日は江戸のつゆで」

おきくがそう伝えた。

「ほう、上方のうどんですか」

地本問屋、武蔵屋の隠居が少し身を乗り出した。

「ええ。澄んだおだしで、喜んでいただきました」

おきくは笑みを浮かべた。

「たまに上方のつゆを呑むとうまく感じるね」

「ずっと続くと飽きるけれど」

「やっぱり、江戸の甘じょっぱいつゆじゃないと」

講の面々の話が弾んだ。

「では、ごゆっくり」

おきくは一礼して下がっていった。

一枚板の席では、奥鹿野左近同心が茶を呑んでいた。

「あ、いらっしゃいまし」

おきくがあいさつする。

「今日は講だってな」

と、同心。

「ええ。上方と江戸のうどんのつゆのお話などをされていました」

おきくが答えた。

「土地《ところ》によって味は変わるが、それがまたいい」

廻り仕事の途中で立ち寄った同心はそう言って茶を啜った。

「さようですね。つくるほうも張り合いが出ます」

幸太郎が厨から言った。

「おもいで料理にもなりますので」

おきくが言う。

「そういう注文が来たのかい」

奥鹿野同心が訊いた。

「昨日、上方の素うどんをおもいで料理としてつくったばかりで」

幸太郎が答えた。

「そうかい。徳を積むようなもんだ。気張ってやりな」

廻り方同心は渋く笑った。

五

その晩は湯屋へ行った。

帰りは大川端をそぞろ歩く。

まだ早かったので、提灯は提げていなかった。

「今日も気張ったな」

幸太郎が言った。

「昨日はおもいで料理で、今日は講。張り合いがあったわね」

おきくが笑みを浮かべる。

「そうだな。明日も気張っていこう」

幸太郎は帯を一つたたいた。

そのうち、猫のなき声が響いてきた。

「あっ、また猫がないてる」

おきくが声をあげた。

昨夜の夢がよみがえる。

松太郎とおはなが猫になって現れ、「おかあ」と呼んでくれた夢だ。

「おっ、出てきた」

幸太郎が指さした。

まだ小さい猫が一匹、続けてもう一匹、草むらからひょこっと飛び出してきた。

「まあ、かわいい」

おきくが笑みを浮かべた。

「片方は三毛だな」

と、幸太郎。

「だったら、雌ね」

おきくが言った。

三毛猫はおおむね雌で、雄はきわめて珍しい。

「もう一匹は茶白の縞猫か」

幸太郎が言う。

「おいで」

おきくはしゃがんで猫たちのほうへ手を伸ばした。

「みゃあ」

三毛猫がすり寄ってくる。

縞猫も来た。

「人懐っこいな」

幸太郎もしゃがむ。

「ゆうべ、あの子たちが猫になって還ってきた夢を見たの」

おきくはそう明かした。

「猫になって？」

幸太郎が問う。

「ええ。松太郎とおはなが、『おかあ』『おかあ』って……」

そこで言葉が途切れた。

急にこみあげてくるものがあった。

子猫たちの頭をなでる。

二匹の猫が小さな身をすりつけ、のどを鳴らす。

「おまえの勘ばたらきは鋭いからな」

幸太郎はおきくを見ると、茶白の縞猫をひょいと取り上げた。

「こいつは……雄だな」

たしかめてから、いったん放して言う。

「まさか、あの子たちが生まれ変わってきてくれたとか」

おきくは瞬きをした。

「それはあるまいが……」

幸太郎は思案してから続けた。

「生まれ変わりだと思って、飼うという手はあるな」

「二匹とも？」

おきくが驚いたように問うた。

「ああ。顔が似てるから、きょうだいだろう。引き離すわけにはいかない」

幸太郎は答えた。

「にゃ」

茶白の縞猫が短くないた。

「おまえは松太郎かい？」

おきくは子猫に問いかけた。

「おまえはおはなか？」

今度は幸太郎が問うた。

「みゃあ」

三毛猫がなく。

「そうよ、って」

おきくは目にいっぱい涙をためてほほ笑んだ。

「なら、そういうことにしておこう。猫を飼ったことはないが、人に訊けば教えてくれるだろう。……よし、来い」

幸太郎は三毛猫を胸に抱いた。

「おまつさんが猫を飼ってるって言ってたから」

おきくは手伝いの女の名を出した。

「なら、明日にでも訪ねて教えを乞おう。……おお、よしよし」

幸太郎はきょとんとしている三毛猫をあやした。

「おうちへ行きましょう。すぐそこだから」

おきくは茶白の縞猫を慎重に抱き寄せた。

「鰹節はあるからな。帰ったら猫の飯をつくってやろう」

幸太郎が笑みを浮かべた。

「いい子ね。おうちへ帰ろうね」

少しかすれた声で、おきくは言った。

六

「えらいね。もう後架（便所）を覚えたのね」

おまつが笑顔で言った。

翌日のきく屋だ。

宴のときだけ手伝ってくれる錺職人の女房を急いで訪ね、猫飼いの指南役を頼んだところ、快く引き受けてくれた。

後架をつくり、爪とぎの板を置く。餌と餌皿は料理屋だから何とでもなる。二匹の子猫を迎え入れる態勢は、あっという間に整った。

「えらいわね」

後架から出てきた茶白の縞猫に向かって、おきくが言った。

「あと、空いた酒樽などはありますか？」

おまつがたずねた。

「ちょうど空いたところで」

幸太郎が答えた。

「なら、表に出して、上に何か敷きましょう。猫のお休みどころになるので」

おまつは笑みを浮かべた。

「なるほど、外の景色をながめられるわけですね」

と、おきく。

「猫は高いところが好きだから、看板猫になってくれるんじゃないかと」

おまつが言った。

「では、さっそく運びましょう」

幸太郎が動いた。

空いた酒樽を軒下の雨が降りかからないところに置く。

上にはきく屋の手拭いを重ねて置いてみた。のれんと同じ濃いめの水色だ。

「乗れるかしら」

おきくがふしぎそうに見ている子猫たちを見た。

「ぴょん、してごらん」

おまつがうながす。

しかし……。

二匹の猫はただちに乗ろうとはしなかった。

「よし、乗せてやろう」

幸太郎がまず三毛猫をつかみ、樽の上に置いた。

「お兄ちゃんもね」

おきくが茶白の縞猫を乗せる。

「わあ、高いね」

おまつが猫たちに言った。

三毛猫と縞猫が、やや戸惑ったようにあたりを見る。

「大きくなったら、あれにも乗れるかしら」

おきくがおもいで料理の置き看板を指さした。

先のほうに丼とも椀ともつかないものが据えられている例の置き看板だ。

「ちょうどぴったり入りそう。猫は狭いところが大好きだから、喜ぶと思いますよ」

おまつが笑顔で言った。

「それは楽しみで」

おきくも笑みを返す。

「うみゃ」

茶白の縞猫が短くないた。

どうやら下りようとしているようだが、いま一つ踏ん切りがつかないらしい。

「気張れ」

幸太郎が笑って声をかけた。

「大丈夫よ、猫だから」

おまつも言う。

その声に応えるかのように、雄猫がまず下りた。

途中で前足を樽にかけ、少しためらっていたが、無事に地面へ下り立った。

「さあ、おまえも」

おきくは三毛猫に言った。

「まだ怖そうだな」

と、幸太郎。

「なら、今日のところは……」

おまつはそう言うと、三毛猫の首筋をひょいとつかんで下ろしてやった。

地面に着くなり、ぶるぶると身を震わせる。

兄が心配げに近づいてきた。

妹の身をなめてやる。

「仲良しね」

「えらいぞ」

きく屋の二人が言った。

「ところで、この子たちの名前は？」

おまつがたずねた。

おきくは幸太郎の顔をちらりと見てから答えた。

「上は松太郎、下はおはなで。亡くなったうちの子たちと同じなんですけど、猫に生まれ変わってくる夢を見てまもなく拾った子たちなので、同じ名にしてみました」

おきくは一気に答えた。

「それは正夢かも」

おまつは感慨深げにうなずいた。

「まさかそんなことはないでしょうが、そう思って大事に育てようかと」

幸太郎が言った。

「看板猫になってくればと」

おきくは笑みを浮かべた。

「きっとなってくれますよ」

二匹の猫を見て、おまつはそう請け合った。

七

「すっかり看板猫らしくなったね」

一枚板の席の客が言った。

升屋の喜三郎だ。

「樽にも上れるようになったので」

おきくが笑みを浮かべる。

「首紐もついて、いい感じですな」

もう一人の客が言った。

乗加反可だ。

きく屋の生まれ変わりの看板猫たちの話は、いずれかわら版に載せてくれるらしい。

「兄が紺色で、妹が桜色。首紐がとてもよく似合います」

おきくが言った。

「そのうち、おもいで料理の置き看板に上れるでしょう」

戯作者がそう言って、冷奴を胃の腑に落とした。

幸太郎は鰺の干物を焼いている。いい香りが漂ってきた。

「おっ、匂いにつられて来たよ」

隠居が二匹の猫を指さした。

「いつも仲良しで」

と、おきく。

「そりゃ何よりだ」

喜三郎が温顔をほころばせた。

「はい、お待ちで」

鰺の干物が焼きあがった。

隠居と戯作者にたっぷりの大根おろしつきで供せられる。

「あ、駄目よ」

一枚板に飛び乗ろうとした縞猫を、おきくが制した。

「はは、猫の好物ですからな」

乗加反可が笑う。

「あとでちょっとあげるよ」

升屋の隠居が言った。

「相済みません」

おきくが頭を下げた。

ややあって、猫用の小皿が二つ出された。

「ちょっとだけだぞ」

隠居が言う。

「では、やつがれも」

戯作者も続いた。

二匹の子猫の前に干物が出された。

たちまち競うように食べはじめる。

「えらいね。いっぱい食べて大きな猫さんになるんだよ」

おきくがやさしく声をかけた。

「お客様の料理を食べちゃ駄目だぞ」

幸太郎が言う。

「ちゃんと見張ってるから」

おきくが笑顔で言った。

「何にせよ、よかったね。きく屋の気が明るくなった」

喜三郎はそう言うと、猪口の酒を呑み干した。

「ご心配をおかけしましたが、おかげさまで」

おきくが頭を下げた。

「おもいで料理が波に乗って、看板猫が来て、これからはいいことばかりでしょう」

乗加反可が白い歯を見せた。

「ええ、そうなってくれれば」

はぐはぐと干物を食べている子猫たちを見て、おきくは笑みを浮かべた。

八

その日は遅めに湯屋へ行った。

大川端には宵闇が迫っていた。

提灯に灯りを入れ、ゆっくりと帰る。

「今日もきれいね」

おきくが指さした。

空は暗くなっても、水辺の光は残る。

浄土のような光が最後までこの世に残る。

まだ望みがある。やり直せる。

そう励ますかのような大川あかりだ。

「そうだな」

幸太郎も同じほうを見た。

「明日も気張らないと」

おきくが言った。

明日は宴の約が入っている。また忙しくなりそうだ。

「気張りすぎず、ほどほどにな」

幸太郎は笑みを浮かべた。

「ええ」

おきくは笑みを返した。

きく屋が近づいた。

「おや、あれは？」

幸太郎が提灯をかざした。

きく屋の前に、二つの影が見えた。

「あの子たちだわ」

おきくの声が弾んだ。

「待っていてくれたのか」

幸太郎が驚いたように言った。

「松太郎！　おはな！」

おきくは声を張りあげた。

猫たちが気づいた。

「みゃあーん」

二つの小さな影が駆け寄ってくる。

「ただいま」

おきくが出迎えた。

松太郎を抱っこする。

「えらいぞ」

幸太郎はおはなだ。

片手で抱っこして、提灯をかざす。

「さあ、おうちへ帰るよ」

おきくがやさしく言った。

胸に抱いた子猫。

いまは亡きわが子、松太郎と同じ名をつけた子のあたたかさが心にしみた。

これからも、ずっと一緒ね。よろしくね。

おきくは胸の内でやさしく語りかけた。

［参考文献一覧］

田中博敏『お通し前菜便利集』（柴田書店）
松下幸子・榎木伊太郎編『再現江戸時代料理』（小学館）
野﨑洋光『和のおかず決定版』（世界文化社）
『人気の日本料理2　一流板前が手ほどきする春夏秋冬の日本料理』（世界文化社）
田中博敏『旬ごはんとごはんがわり』（柴田書店）
志の島忠『割烹選書　春の献立』（婦人画報社）
志の島忠『割烹選書　むきものと料理』（婦人画報社）
畑耕一郎『プロのためのわかりやすい日本料理』（柴田書店）
仲實『プロのためのわかりやすい和菓子』（柴田書店）
『一流板前が手ほどきする人気の日本料理』（世界文化社）
『一流料理長の和食宝典』（世界文化社）
土井勝『日本のおかず五〇〇選』（テレビ朝日事業局出版部）
『復元・江戸情報地図』（朝日新聞社）
日置英剛編『新国史大年表　五－Ⅱ』（国書刊行会）
今井金吾校訂『定本武江年表』（ちくま学芸文庫）
菊地ひと美『江戸衣装図鑑』（東京堂出版）
西山松之助編『江戸町人の研究　第三巻』（吉川弘文館）
ウェブサイト「Foodie」
ウェブサイト「和食の旨み」
ウェブサイト「うどんミュージアム」

本書は書き下ろしです。

実業之日本社文庫 く4 14

おもいで料理《りょうり》きく屋《や》　大川《おおかわ》あかり

2023年12月15日　初版第1刷発行

著　者　倉阪《くらさか》鬼《き》一郎《いちろう》

発行者　岩野裕一
発行所　株式会社実業之日本社
〒107-0062　東京都港区南青山6-6-22 emergence 2
電話 [編集]03(6809)0473 [販売]03(6809)0495
ホームページ https://www.j-n.co.jp/
DTP　ラッシュ
印刷所　大日本印刷株式会社
製本所　大日本印刷株式会社

フォーマットデザイン　鈴木正道(Suzuki Design)

ISBN978-4-408-55852-3（第二文芸）